井川香四郎

歌麿の娘
浮世絵おたふく三姉妹

実業之日本社文庫

目次

第一話　観音様だぁ

一

半月が雲に隠れる夜中、頰被りの黒装束が猫のように、商家の屋根の上を走っていた。素早く軽やかな動きで、まったく足音を立てず、路地の間もひらりと飛び越えた。

一瞬、姿が消えたかと思えば、また別の所から現れ、何棟もの浅草御蔵の屋根を駆け抜けてから、長い庇の上に飛び移った。さらに地面に降り立ったとき、前方に突然、御用提灯が数個、浮かび上がった。

「ここまでだ〝紅殻小僧〟……観念するのだな」

捕方を引き連れて立ちはだかったのは、北町奉行所同心・加納福之介である。小銀杏に黒羽織で着流しという、定町廻りの定番である。立派な体軀ではあるが、見た目はずんぐりむっくりで頭が大きい。暗くてハッキリとは見えないが、険しさのかけらもなく、むしろ愛嬌ある顔だちである。まだ若そうだが、声は朗々としているとは言い難く、少し聞き取りにくい。

「逆らえば、この場にて斬る。さあ、大人しく縛に就け」

加納が十手を突きつけると、紅殻小僧と呼ばれた黒装束はまるで歌舞伎の宙吊り芸のように、ふわっと軒に飛び上がった。

あまりにも見事で、加納も捕方たちも「おおッ」と歓声を上げたほどである。黒装束はさらに屋根まで跳ね上がると、反対側に姿を消した。あまりに鮮やかな動きに見とれていた加納は、

「追え、追え！　決して逃がすでないぞ！」

と声をひっくり返して叫んだ。

捕方たちは近くの路地に飛び込んで、あちこち捜したが見失ってしまった。加納も意地になって走り廻ったが、まったく姿が見えなくなった。せっかく追い詰めたと思ったのに、一瞬の隙に逃げられてしまったことに、加納は悔しくて地団駄を踏んだ。

ところが、雲が晴れて微かに月明かりが広がると、一町程向こうに黒装束の後ろ姿が見えた。加納は目を凝らすと、「逃がすものか」と十手を握り直して追った。

その先には駒形堂があり、浅草雷門に向かう通りに繋がる。雷門や町木戸は閉まっている刻限だが、紅灯が仄かに揺らめいている。両国橋西詰めを中心とした一帯は、

御府内の中心からは離れているが、江戸で屈指の繁華な所であり、浅草寺の裏手からは吉原に続く。ここで見失うと、もはや捕らえることはできまい。

加納は鈍足ながら、懸命に黒装束が逃げた方に走ったが、賑やかな通りに出たときには、まったく姿は見えなかった。だが、顔馴染みの岡っ引が駆け寄ってきて、

「旦那。怪しい奴が向こうへ行きやした」

と声をかけてきた。

半次という四十絡みの岡っ引は、浅草界隈を縄張りにしており、細い路地の隅から隅まで熟知しているという。かつては侠客・伝法院寅五郎一家にいたというだけあって、裏稼業にも通じており、地廻りのならず者にも睨みが利く。

「こっちでやす。近くの町木戸はぜんぶ閉めてありやすから、もう逃がしやせん」

「だが、奴は浅草御門から、猫のように屋根伝いに逃げて来たのだ」

「野良猫一匹捕まえられねえようじゃ、駒形の半次も名折れでさ。あっしの手の者は五十人は下りやせん。あちこちで目を光らせておりやす。この辺りに逃げてきたからには、首根っこをふん捕まえてやりやすよ」

静かな口調だが、凄みのある顔で、半次は頷いた。案内して表通りを進む半次の後ろを、加納は追っていく。

その昔、浅草は寂れた隅田川沿いの農村に過ぎなかったが、漁師の網に観音像がか

かって現れて、人々の暮らしを豊かにしたことから、〝浅草観音〟が祀られることになったと言われている。その門前町として栄えることとなり、徳川家康が江戸に入封してからは、物流の拠点としても重要な要となった。

ゆえに、大勢の人々が集まり、天保の治世にあっては、吉原遊郭や奥山の芝居街もあることから、かような夜遅くまでも祭りのように賑わっていたのである。

　雷門の傍らの小道を奥山の方に向かう途中に、『おたふく』と淡い光の提灯があり、その横には、お多福人形の顔が描かれている看板が掲げられていた。丸っこい顔に、恵比寿様のように微笑んだ町娘である。

　加納はなぜか、その店の前で足を止めた。

「――旦那、何か……」

「なに、この看板が気になってな」

「ああ……たしかに旦那に少し似てますね」

「いや、俺は福助人形みたいだとは、よく人に言われる」

　福助人形とは、裃姿で正座をした丁髷頭の男で、愛嬌ある大きな顔が縁起が良いとされ、茶屋や遊女屋によく飾られていた。これは〝叶福助〟人形と呼ばれ、福が叶うとの語呂合わせで、享和年間から流行っていた。

「さすが旦那。お目が高い。この店は浅草でも一、二の人気の水茶屋ですよ」

「えっ、水茶屋……」

「へえ。『おたふく』とは正反対の美しい三姉妹がやってます」

水茶屋とは、社寺の境内や参道などで、参詣客に茶を提供して休息させる茶屋のことである。上野や両国広小路、芝神明なども賑やかだったが、浅草寺境内である伝法院辺りは格別で、軒を並べた二十数軒の茶屋は浮世絵にもなるほど有名であった。茶店の女たちが美形揃いだったからである。

しかし、『おたふく』は浅草仲見世の二十軒茶屋とは違う。葦簀張りの出茶屋ではなく、茶汲み娘が酒の相手をする、居付きの茶屋のことである。昔は大流行だった二十軒茶屋も、天保の治世には半分ほどに減り、その代わりに周辺には、一町に数軒という数の水茶屋ができて繁盛していたのである。

それゆえ、水茶屋は、ただの休息する所ではなく、男衆を相手にお酒を提供して接客する店のことも指すようになった。『おたふく』はもっぱらお酒を出す夜の店だった。

「紅殻小僧をとっ捕まえたら、あっしがこの店にご案内しやすよ」

「知ってるのか」

「そりゃもう……この辺りのことなら駒形の半次にお任せ下せえ。でも、やっぱりやめておこうかなあ」

「茶屋娘にハマってしまって、旦那がずぶずぶ沈んでしまうのが恐い……そんなことより、早いとこ盗っ人を！」

半次が急かすように言ったとき、路地から荒い息で駆け出てきた下っ引が、

「親分。どうやら、奴はここの裏庭に逃げ込んだみたいですぜ」

と『おたふく』の軒提灯を指した。

「なんだと。店の者たちに何か危害を加えたらまずい。いいか、手の者を集めて、この店はもちろん、周辺の店や屋根の上にも張り込ませろ。絶対に逃がすんじゃねえぞ」

凄みのある声で半次が命じると、すでに梯子などを用意している下っ引たちは塀に掛けて登った。突棒、刺股、袖搦の捕縛三点道具を揃えて身構えている自身番番人たちもいる。

半次は加納を促して店の暖簾を潜った。

入ってすぐに竹編みの壁があって、怪しげな小さな箱提灯があり、奥が見えないように目隠しとなっている。坪庭のような狭い通路はコの字形に曲がっており、奥に進もうとすると、「親分さん」と野太い声がかかった。

階段の下の辺りに帳場があって、半纏姿の細身の男が座っていた。

「どうしてだ」

「おう、新八。女将はいるかい」

顔見知りらしく、半次が気易く声をかけると、町方同心の加納の姿を訝しげに見やって、新八と呼ばれた男は答えた。女所帯であるこの店の番頭兼用心棒というところであろうか。微笑んではいるが、目つきは妙に鋭い。

「へえ、おりますよ。只今、接客中ですが、何かございましたか」

「盗っ人がこの辺りに逃げてきて、この店の裏庭に入ったらしいんだ。〝紅殻小僧〟って名は聞いたことくらいあるだろ」

「ええ、なんとなく……」

「おまえたちに何かあっても良くねえから、ちょいと探索に手を貸してくれ」

「そういうことなら、どうぞ」

新八はもう一度、加納の顔をチラリと見て、店の奥に案内した。

ふつうの茶店や蕎麦屋のように広間があって、衝立で幾つかに仕切られている。そこで、綺麗に着飾った茶屋娘と客が一緒に酒を飲んでいるのである。蠟燭は掲げられているものの、かなり薄暗い。商家の若旦那風のひとり客もいれば、職人風ら数人で楽しんでいる客もいる。もっとも居酒屋とは違って、静かに飲んでいる者が多かった。

広めの階段があって、二階に上がれば、襖で仕切った貸し切り部屋となっている。遊女屋のような妖しげな雰囲気があるが、もちろん売春は御法度である。

茶屋娘たちはあくまでも酌婦として、客の相手をしているだけだ。美しさだけではなく、楽しい〝話芸〟が男たちを惹きつけていた。『おたふく』の売りは、諸国の言葉訛りの茶屋娘がいることだった。浅草は土地柄、色々な地方から人が集まっているため、その訛りを懐かしく思って訪ねてくる客もいるからだ。

「女将さん。半次親分がお見えですぜ」

新八の声に、二階から降りてきたのは、『おたふく』の女将、桜であった。その容姿は、まさに浮世絵から抜け出てきたような美貌で、穏やかな微笑には柔らかな陽射しのような優しさが漂っている。

着物は、その名のとおり、桜の花の絵柄であったが、華やかな印象よりも、儚げであった。豊かな体つきは、階段を降りてきている腰つきからもクッキリと分かる。

「あっ……」

加納は喉が鳴ると同時に凍りついた。その表情にすぐに気づいた半次が、

「言ったでやしょ。ハマらないで下さいよ」

と言った。

が、加納は桜の微笑みを凝視したまま、立ち尽くしていた。

すると、今度はやはり二階から、別の美形が降りてきた。桜の妹の梅である。姉とは違って、凛とした輝きがあり、スッと伸びた背筋には〝男らしさ〟すら感じられた。

紅白の梅柄の着物が上品さを醸しだしている。

目が点になった加納は、また生唾を飲み込んで、上擦った声で何か言ったが、ハッキリとは聞こえなかった。

「こちらは梅さん。加納の旦那の好みじゃありやせんか」

半次はからかうように笑ったが、加納の表情は硬いままだった。

さらに、一階座敷の奥から、満面の笑みで若い美しい娘が近づいてきた。華やかな面差しに比べて、竹林を描いたような地味な絵柄の着物だが、爽やかな雰囲気を発散させている。

「それから、こちらは三姉妹の末娘の竹（たけ）ちゃん。まだ箸が転がっても笑うくらいの十六歳。旦那にゃ若すぎる。でも、もしかしたら一番、芯がシッカリしてるかもしれやせんよ。末っ子は上を見て育つから、人当たりはいいけれどね。あっしにはそう見えやす」

「――ず、随分、く、詳しいのだな……」

加納は緊張のあまり直立不動で、ひっくり返った声で言った。そんな加納の様子に、桜と梅、竹の三姉妹は、顔を見合わせて可笑（おか）しそうに笑った。その仕草も妙に艶（なま）めかしいので、加納はさらに体が硬直した。

「旦那……大丈夫ですかい？」

心配そうに半次が横顔を見やると、桜は少し真面目な表情になって、

「ところで半次親分、八丁堀の旦那を連れて何かあったのですか」

「おお、そうよ。紅殻小僧が現れて、鉄砲洲の廻船問屋『南海屋』に押し入り、金目のものを盗んだらしいんだ」

「まあ……」

「この加納の旦那が、ずっと追いかけてきたんだが、たった今、この『おたふく』の裏庭に逃げ込んだようなんで、ちょいと探らせてくれねえかな」

「えっ。本当ですか……いやだ、恐い。すぐに調べて下さい。お客様たちに何かあってもいけませんし」

一階の土間から裏庭に続く通路に、桜は加納と半次を案内した。

庭といっても、坪庭に毛が生えた程度だが、枯山水を模した品の良い場所が広がっている。そこは一階奥の座敷や二階からも眺められるようになっており、小さな石灯籠の明かりが幽玄を感じさせていた。

敷き詰められた砂利の上を、半次は無造作に踏み込んで歩き廻ったが、その裏手に繋がる隘路や物置とした使われている社風の小屋の中にも、誰もいなかった。

すでに捕方や自身番番人らの目を盗んで、『おたふく』から逃走しているかもしれないが、屋敷内の何処かに潜んでいるとも考えられる。半次は二階座敷や天井裏、床

下まで調べてみたいと、桜に申し出た。

「ええ、それは一向に構いません。誰か潜んでいたりしたら気味悪いですから。でも、お客さんには迷惑をかけないようにして下さいましね」

と桜は軽く加納の肩に手を触れた。しなやかで柔らかな指先を感じて、加納は「も、もちろんだ」とまた声をひっくり返した。

半次は店の客たちにも断りを入れるふりをしながら、一応、怪しい奴がいないか見て廻った。下っ引にも手伝わせて、二階の座敷はもとより、屋根裏や床下を見て廻ったが、やはり鼠一匹いなかった。

「――邪魔したな、女将……だが、奴は細い隙間しかねえ紅殻格子を擦り抜けるほど、何処にでも忍び込む盗っ人だから、俺たちの気づかない所に潜んでいるかもしれねえ。店が終わってから、もう一度、探らせて貰っていいかい」

「ええ。むしろ、お願いしたいくらいです。親分さん、頼りにしてますよ」

桜が手を合わせて頼むと、梅と竹も不安になったのか、笑みが消えていた。

そんな三姉妹を見ていた加納だけは、まったく違うことを考えているようだった。美貌に見とれているのか、何か妙な妄想に取り憑かれたのか、加納の頼りなげな顔だちが、さらに情けない風貌となった。

二

翌日、加納がひとりで、まだ暖簾を出す前の『おたふく』を訪ねてきた。ゆうべの雰囲気と違って殺風景なくらいの店内だった。

帳場で算盤を弾いていた女将の桜が気づいて、

「昨日の八丁堀の……まだ捕まってないのですか、紅殻小僧とやらは」

と不安げなまなざしを向けた。

加納は「うむ、ああ」と曖昧な返事をしただけで、なんとなく店内を見廻しながら、

「それがな……急転直下というか、事態が変わったのだ」

「え……？」

言っている意味が分からないと、桜が首を傾げると、加納は少し照れたように十手の先で頭を掻いて、

「実は、今朝方、お奉行……北町奉行の遠山左衛門尉の役宅に、裏帳簿が落ちていたのが見つかったのだ。しかも、遠山様の寝所だったらしい」

「はあ……」

「その裏帳簿というのは、ゆうべ『南海屋』から盗まれたものらしく、それが動かぬ

証拠となって、つい先刻、『南海屋』主人の善右衛門がお縄になった」

「お縄に……それは、どういう……」

　不思議そうに見つめる桜の瞳は澄んでいて、加納が恥ずかしくなるくらいだった。

「え、ああ……『南海屋』はどうやら、抜け荷をしていたようでな。その証拠である裏帳簿だったそうだ」

「はい……」

「俺たち定町廻りは知らないことだったが、隠密廻りは前々から『南海屋』に目をつけていたらしく、それが一気に片付いたということだ……つまり、ゆうべ紅殻小僧が盗んだものが、その裏帳簿だった節があるのだ」

　加納が煮え切らない言い草で、事情を説明すると、桜は不可解な様子で尋ね返した。

「旦那は、どうして、そんな話を私に……」

「いや、特に理由はないのだが、もしかして、女将も盗っ人のことが気がかりじゃないかと思ってな……あ、別に気にしてないなら、いいのだが、まだ捕まってないからな」

「紅殻小僧が、ですか……」

「ああ。紅殻小僧がなぜ、そのようなことをしたのか……俺はそっちの方が気になって、今一度、逃げた足取りを辿ってたんだ」

「そうでしたか……」

「だけど、ここで途絶えた……ゆうべ、あの後、何か変わったことや気づいたことはなかったかな。何でもいいんだ」

探索というより縋るような目になって、加納は桜に訊いた。

すると、店の奥から出てきた梅が、冷ややかな態度で、

「違うでしょ。ただ、お姉ちゃんに、もう一度、会いたかっただけじゃないの？」

「えっ……」

困惑気味に目を伏せる加納に、梅はみじんも表情を変えずに、

「ほら、図星だ。こんなことは言いたくはありませんがね、旦那。私たちは客商売なんで、顔を見たければ、十手をちらつかせずに、暖簾を出しているときに、お金を払って来て下さいな」

「いや、俺は別に……」

返事に戸惑う加納を庇うように、桜は微笑みかけながら、

「これこれ。梅ったら、そんな言い方はよくありませんよ。八丁堀の旦那方には少なからず、お世話になっているのだから」

「なってるかなあ」

「半次親分だって見廻ってくれてるから、女所帯なのに安心して暖簾を出せてるんだ。

つまりは、お上のお陰でしょ」

「――それより、旦那。まだちゃんと名前を聞いてませんでしたね」

梅が問いかけると、加納はすぐに直立不動で答えた。

「拙者、北町奉行所・定町廻り同心の加納福之介という者だ」

聞いた途端、梅は噴き出して、

「加納福之介……あはは、まるで〝叶福助〟みたいだね。そういや、なんとなく福助人形に似てるわ。うちのお多福人形と相通じるところがある……そうか、福ちゃんか……あはは、こいつは目出度い」

と言った。

梅の爽やかな笑い顔を初めて見た加納は、思わず声をかけた。

「あなたも笑うんですね……いい笑顔だ。ああ、良かった」

「――良かったたって、なんなんですか、あなた」

すぐに冷ややかな表情に戻った梅の背後から、今度は、竹が出てきた。普段着のせいか、昨日と違って、まるで下働きの小娘のようだった。童顔だから、余計、幼く感じられた。

「私には分かるんだ。うふふ」

竹は子供のように、持っていた箒の柄の先で、ツンツンと加納の胸の辺りを突いた。

「だって、ゆうべ来たとき、梅姉ちゃんを見た途端、まるで雷に打たれたような顔になってたもん、この旦那」

「え、そうなのかい？」

桜が訊き返すと、竹はニコニコしながら、

「ほんとは、桜姉ちゃんも気づいてたでしょ。よくいるのよ、梅姉ちゃんの素っ気ない感じが好きな殿方。三姉妹で一番の美人は、桜姉ちゃんだけど、もてるのは梅姉ちゃんだからね。旦那は、とても競争に勝てそうにないな」

と、からかうように言った。

「いや、俺は別にそんな……何かあったら、報せてくれ。今、言ったとおり、盗っ人はまだ捕まってないのだ。おまえたち三姉妹に何かあってもいけないからな。では、御免」

加納は軽く頭を下げると、逃げるように店の外に出て行った。

その背中に、竹は「お客さんとして、お待ちしてます！」と軽やかな声をかけた。が、三人ともすぐに真顔に戻って、誰もいない座敷の方に戻ると、ふうっと深い溜息をついた。そして、お互いの顔を見合わせて、訝しげな目になった。

「――何か、勘づいたのかな……」

竹が言うと、梅は首を左右に振りながら、

「何もヘマはしてないと思うけどね。私は、ここに帰って来る前に、遠山奉行の役宅に、その裏帳簿を投げ込んできたんだから」

　と言い訳じみて言った。

「それにしても、紅殻小僧だなんて、誰が名付けたんだろうね。どうせなら、もっと美しい名前にして貰いたいわねえ」

　梅が呆れ顔になると、竹は少し唸るような声になって、

「でも、わざわざ来るかなあ……」

「え……？」

「加納って同心、なんか惚けた顔しているけれど、何かありそうな感じがする」

「なるほど。竹の勘は鋭いからねえ」

　桜が納得するように言うと、梅も頷きながら反省して、

「たしかに、ゆうべは油断した……まさか浅草御門に、あんなに大勢の町方が張り込んでいるとは思わなかったし、今の加納って同心も先廻りしてた。まるで私の動きを知っていたみたいに」

「ええ。梅が下手を踏むわけはないしね。てことは……」

　妹ふたりを見る桜の目も険しくなって、

「もしかして、加納って定町廻りには、優れた密偵がいるのかもね」

「そんな暢気なことを言っててもいいの？　万が一、私たちの素性を知ってるとしたら、何か手を打たないと、お父っつぁんにも顔向けできないからね」

梅が強い口調になると、桜と竹はじっと見つめ返した。

「なによ。ふたりとも、その目は……私が悪いとでも言うの？　だって、『南海屋』の抜け荷のことを探り出してきたのは、お姉ちゃんでしょ。だから私……」

不満げになる梅に、桜は宥めるように、

「何も責めてないわよ。でもね、あなたはいつも先走り過ぎる。三人一緒に動く。この鉄則は忘れちゃいけない。それこそ、お父っつぁんから口を酸っぱくして言われたことでしょ」

「分かってるわよ。でも、今回の場合は、裏帳簿のお陰で、お奉行様がすぐ直々に動いたのだから、渡りに船だったんでしょう。私たちが、〝お仕置き〟をする手間も省けた」

威勢良く、梅が言ったとき、ぶらりと新八が入ってきて、

「誰をお仕置きするってんです？」

と声をかけた。

「まさか、俺じゃないですよね。ああ、もしかして、客をお仕置きするのですか。近頃は、客を縛って笞を打つ、なんて遊びを売りにしている下品な店もありやすがね。

俺は、そんなことをするのは反対ですよ」

「おやまあ……新さんたら、うちがそんなことをするわけがないじゃないのさ」

桜が笑って、加納が来たことを伝えると、

「ええ、店の周辺をうろついてやした。声をかけたら、紅殻小僧がまだ見つかってないので捜しているんだと。まるで、うちが匿ってるとでも言いたげな感じでした」

「そうかい……迷惑な話だねえ。変な噂が立ったら、客足が遠退くじゃないか」

「女将さんの言うとおりです。だから、町方に出入りされるのは嫌なんです。こちとら、何もしてねえのに、世間てのはすぐ根も葉もないことを噂にしやすからね」

新八はそう言って、店の仕度に取りかかった。三姉妹は、そんな新八の姿を見て頼もしく感じてはいたが、

「——桜姉ちゃん……新さんは、私たちのこと、知らないよね……」

と小声で言った。

「お父っつぁんの内弟子だった縁で、この店に来て貰ってるだけのことだよ」

「だったら、いいんだけど……」

梅と竹が顔を見合わせたとき、ひらひらと格子窓から、一枚の紙切れが舞って入ってきた。それは床に吸い付くように落ちた。

すぐに手にした桜は、紙切れに書かれている文字を黙読すると、ふたりにも見せて

から、側にある蠟燭の炎で燃やして灰皿に捨てた。途端、三人の顔つきが俄に緊張して、目で頷き合った。

三

廻船問屋『南海屋』の主人・善右衛門が抜け荷の咎でお縄になり、北町奉行・遠山左衛門尉が調べた上で、評定所に上申し、その裁断によって即日、死罪となった。にも拘わらず、『南海屋』は闕所になっておらず、いつものように店は営まれていた。

店の前に立った梅は、なぜ店が潰されないのか不思議に思っていた。

――どういうこと……悪いのは主人だけで、奉公人は知らないことだから、お咎めなしということだろうか。

と梅の脳裏を掠めた。

そのとき、ひとりの薄汚れたなりの老婆が店の前に来て、いきなり、

「息子を返せッ。この人殺し！　『南海屋』善右衛門！　私の息子を返しておくれ！」

と声を限りに叫んだ。

すぐに店内から、手代がふたりばかり飛び出てきて、野良犬でも蹴散らすように、

「毎日、毎日、何をやってるんだ。しつこくすると、本当に番所に連れていくぞ。ほ

ら、シッシッ、あっちへ行け」

　と怒鳴りつけた。

　それでも、老婆は手代にしがみつきながら、息子を返せと同じ言葉を繰り返した。だが、手代は乱暴に老婆を突き飛ばしたので、思わず梅は止めに入った。

「ちょいと。あんまりじゃないか。これが大店の手代がすることかね」

「これは、お見苦しいところをお見せしました……」

　と言いながら、番頭の猪兵衛が出て来て、手代に店に戻れと命じた。

　猪兵衛の方は知らないが、梅はよく知っている顔だ。四十絡みの図体の大きな中年男で、深い眉間の皺と目つきの鋭さは、およそ商人の面構えではなかった。

「これは、いや、驚きの別嬪さんですね……この婆さんとはお知り合いですか」

「いいえ。通りかかっただけですがね、あまりに酷い仕打ちなので、とっさに止めに入っただけです。何か子細でも？」

　冷静に言う梅を、猪兵衛は嫌らしい目つきで値踏みするように全身を見ながら、

「美しいだけでなく、気っ風もよろしいことで……いや、驚きです」

「お世辞はいいですから、訳を聞かせて貰えますか」

「訳と言うほどのものは……ただの嫌がらせですよ。本当に困っているのです」

　猪兵衛は誤魔化すように答えたが、梅は納得できないとばかりに、

「ご主人は、抜け荷の疑いがあって処刑されたばかりと聞きましたが、どうして何事もないように暖簾を出しているのですか」

「えっ……どうして、そのことを……」

訝しげに、猪兵衛は梅を凝視した。今し方、にやけていた目つきとは、まったく違って、盗っ人でも見るような表情だ。もっとも、梅は目の前の店から、裏帳簿を盗んだばかりだから忸怩たるものはあるが、そのお陰で正義が叶ったわけだ。

「うちの主人のことは、まだ誰も知らないはずですが……」

探りを入れる目つきになって、猪兵衛は梅の様子を窺った。梅は一瞬、シマッタと思ったが、表情は微動だにしない。たしかに、まだ奉行所は公表しておらず、梅も加納から聞いただけのことだった。

「読売屋の間では、もう噂になってますよ。知らないと思っているのは、そちらさんだけじゃありませんか」

「……」

「それとも、その噂は嘘なのですか」

「通りすがりの人に話すことではありませんな」

猪兵衛は威嚇するような態度になって、

「言っておきますがね。あなたが庇った、その婆さんは人殺しの母親です。ええ、うちの手代を殺したのですよ。なのに、自分の息子の方が殺された、無実なんだってね……頭がどうかしてるんですよ。お姉さんが関わることじゃありませんよ」

と吐き捨てて店内に戻った。その背中に向かっても、老婆は「人殺し！　息子を返せ！」と怒鳴りつけた。

そのとき、梅の後ろから男の声がかかった。

「これは意外な所で……」

振り返ると、加納が立っていた。岡っ引も連れず、ひとりだった。その加納にも縋りつくように、老婆は物凄い剣幕で、

「八丁堀の旦那。うちの子は人殺しなんかじゃありません。もう一度、ちゃんと調べ直して下さいよ。お奉行様に申し立てて下さいましよ。何とかして下さいよッ」

と声を荒らげた。

加納は困惑しながらも、事情を承知しているのか、

「分かった、分かった。おせい……聞いてやるから、そこの番屋まで来な」

「番屋は嫌だ。私まで人殺し扱いされて、刑場送りにされちゃたまんねえ。誰が息子を供養すりゃいいんだい」

「だったら、そこの蕎麦屋はどうだ。腹が減ってるから、苛々するんだろうよ」

慰めるように加納は言って、おせいと呼んだ老婆の肩を抱いて、蕎麦屋に誘った。

当たり前のように老婆の面倒を見る加納を、梅は少し感心しながら、一緒についていくのだった。

店に入り片隅の席に座らせてやると、おせいはすぐに加納を相手に、つらつらと文句を言い始めた。

「そりゃ息子の貞吉は、親の話など聞かないろくでなしだったよ。読売屋の手伝いだと言ってたが、人の弱味に付け込んでは金をせびるような悪さばかりしてた」

「脅してたとしたら、それは立派な罪だな。罪に立派ってのも変な話だが」

加納は老婆の相手をしてやる青年にしか見えなかった。もっとも老婆とはいっても、格好が見窄らしいだけで、実際の年は六十にもなっていないようだ。

「けどね、旦那……貞吉は人殺しをするような輩じゃありませんよ。そんなことは、腹を痛めた私が一番知ってるさ」

「おふくろに信じて貰ってる息子は羨ましいな。俺なんか、毎日のようにぶん殴られてたよ。算盤や物差しでな」

「あれまあ、酷い母親がいたもんだ。よっぽどの悪ガキだったんだな」

「いや、その頃は親父が浮気をしてて、それでおふくろは俺に当たって……あ、そんな話はどうでもいい。無実を信じたいあんたの気持ちはよく分かるがな、証拠ってものを揃えて、時の北町奉行が裁決したのだから、間違いはないと思うぞ」

加納が説諭するように言うと、おせいは腹立たしげに茶を飲んで、

「貞吉がちょいと荒れてたのは、父親が早くに亡くなったからなんだ。左官の仕事をしてたんだけど、流行病(はやりやまい)でね……だから、貞吉には父親を継いで手に職をつけろと口を酸っぱくして言ってたから、余計反発してた」

「そういう時期は誰にでもあるよ。俺だって十手持ちより、絵師にでもなった方が性に合ってた……けど、絵じゃ到底、暮らすことなんかできない。物乞いになるのがオチだって、親父とおふくろに叱られてばかり」

「そりゃそうだ。絵師なんざ、正業じゃないし、ろくでなしばかりだろうよ」

おせいがキッパリと言うので、思わず梅は反論しようとしたが、話の腰を折ることになるのでやめて、

「それより、おせいさん……どうして息子さんは、人殺しに間違われたの？」

「知らないよ。あいつは、読売屋の手先で、人が踏み込めないような裏の裏にも関わってたらしいから、事件に巻き込まれて殺されたのかもしれない」

「事件に巻き込まれて……それは、どういう……」

「だから、私にゃ何も分からないよ。ただ、『南海屋』の松之助(まつのすけ)という手代が、稲荷(いなり)神社の境内で死んでて、その前に血濡れた匕首(あいくち)を持ってた貞吉が立ってたんだ。悲鳴を聞いて駆けつけてきた自身番の番人に、とっ捕まったんだよ」

「そんなことが……貞吉さんは自分がやったと自白したの？」

「するわけないじゃないか。最後の最後まで……ああ、刑場でも『俺は何もしてねえ』って叫んでたよ」

梅が覗き込むように、おせいを見ていると、ざる蕎麦が運ばれてきた。加納は食べろと勧めたが、おせいは箸も付けずに、

「なのに、誰も信じちゃくれない……あんただって、私の話は嘘だ、貞吉がやったに違いないって思ってるだろ。でもね、本当にやってないんだ。だから、私が世間に分からせてやるしかないんだよ」

と言うだけ言って、店から飛び出していった。アッと梅は追いかけようとしたが、加納は袖を摑むようにして、

「いいよ、ほっといて」

「でも……」

「いつものことだ。もう何度も、ここで話し相手をしてやってるんだが、いつも同じ話の繰り返しだよ。近頃は、少しボケが入ってきたかもしれないなあ」

加納は蕎麦をズズッと小気味よいほどの勢いで啜った。

「話し相手をしてあげてるんですか……でも、人殺しと間違われたとしたら、なんとかしてあげられないの」

「ふむ。もう五年も前のことだよ」

「えっ……」

「それこそ、俺がまだ見習いの頃の事件だ。北のお奉行様も前の方のときだろう」

「そんな昔のことを……」

「自分の息子が無実で処刑されたとしたら、なんとも痛ましいことだが……無実だと思っていないと生きてこられなかったのかもしれないしな。今更、調べようもないよ」

　諦めるしかないとでもいうように、加納は言ったが、梅は釈然としなかった。冤罪ほど悲惨なことはないからだ。

「それより、梅さん……」

　おせいがいなくなって、ふたりだけになると、加納は急に緊張した様子になり、

「どうして、『南海屋』なんぞに来ていたのだ」

「えっ……いえ、別に『南海屋』に用があったのではなくて、通りかかったら、さっきのお婆さんが……」

「でも、その前から、店の様子を見ていたように……」

「加納さんが『南海屋』の主人が処刑されたって話していたのに、店が開いてたから、おかしいなと思ってただけですよ」

「ふうん……では、何処かに行こうとしてたのだね。なのに、こんな所で蕎麦なんか食ってていいのかい」

「さすがは定町廻り同心ですね。ぼさあっとしているように見えて、ちょっとした違和感には敏感なんですね。よく言ってくれました。私、急いでいたんです。どうぞ、おせいさんのも私の分も召し上がって下さいな」

スッと立ちあがると、梅は慌てたように店から飛び出していった。表から振り返ると、加納が手を振った。

――なんだか油断ならない奴だな……。

梅は心の中でそう思ったが、軽く微笑んで立ち去るのだった。

四

その日の夕方――桜は、神田須田町にある薬種問屋『越中屋』を訪ねて来ていた。この店で売り出している人気の滋養強壮剤、〝長寿丸〟の袋を持っている。

主人と番頭、手代三人ばかりの小さな商いだが、客や取引先の商人が押し寄せていた。何にでも効く薬を処方してくれるとの評判で、多くの町医者からも信頼されている薬屋だとのことだった。

八十兵衛と名乗る主人は、四十そこそこの利発そうな男で、金廻りがよほど良いのか、御禁制品と疑われるような唐桟の着物に絹の羽織を着ていた。

「これなんですがね、ご主人……」

桜が薬袋を出して見せると、八十兵衛は首を傾げて、

「おやおや。薬を買いに来たのではなくて、売りに来られたのですかな」

「袋には〝長寿丸〟と書かれてますが、中身が違うようなんです」

「と申しますと?」

「これは滋養強壮の薬ではなくて、痛み止めの類ですよね」

「ええ、そうですよ」

「たしかに、よく効くとの噂で、よく売れてますよね。効能書はついておりませんが、この薬には何が使われているのですか」

「言えません。うちだけの処方ですからね。他の薬屋に真似されては困ります」

キッパリと断った八十兵衛の顔つきは、自信に満ちている。

「――そうですか……亡き父もちょっと病持ちだったもので、医者によくかかっていたのですが、痛み止めだとしても、これがその時にあれば、あんなに苦しまずに済んだのに」

「それは残念です……」

「でも、特効薬なんて、なかなかないものだし、強い薬には副作用というのですか、悪い面もあると、お医者様から聞いてます」

「使い方しだいだと思いますよ」

「なるほど……分かりました。教えて下さらないのでしたら、こちらで調べてみます」

桜が一礼して店から去ろうとすると、八十兵衛が声をかけた。

「何を調べるのですか」

気がかりなのか、八十兵衛の目の奥がわずかに燦めいた。桜は明らかに不都合なことがあるのだなと勘づいて、

「この薬の中身をですよ。だって、これを飲んだ途端に、死んだ人もいるんですよ」

「死んだ……」

「ええ。なのに、死んだのは〝長寿丸〟のせいではないと、『越中屋』さんにはけんもほろろの扱いで、お奉行所に相談しても、因果関係が分からぬ限り、『越中屋』を調べることはできないとのことでした」

「――困りましたな……」

八十兵衛は深い溜息をついて、

「ときに、あなたのように言いがかりをつけてくる方もいますが、万が一、この薬で

亡くなったとしても、それは体に合わなかったとしか言いようがありません」

「……」

「風邪薬を飲んで亡くなる人もいますからねえ……残念ながら」

「そんな話、聞いたことがありません。葛根湯を飲んで死ぬのですか」

「ま、とにかく、お奉行所でも決めかねることですから、私どものせいと言われても、如何ともしがたいですね」

「ええ。ですから、自分で調べると言っているのです。商売のためなら、人に言えないような中身なんでしょうから……薬というのは万人のために詳らかにするのがよいと、私は思いますがね。失礼しました」

桜はもう一度、頭を下げて表に出た。近くには職人の家が多いせいか、あちこちの店や長屋から物を作っている音がする。出商いの姿もまばらだ。

「どうして、ここに店を構えているのかねえ……薬の町といえば日本橋本町なのに」

口の中で呟いて、桜は『越中屋』の看板を振り返って目を細めた。そこから路地に入って、佐久間町の方へ足を向けたとき、いきなり横合いから、背の高い浪人者が現れた。

思わず桜は避けて道を譲ったが、擦れ違い様に、

「何を探っておる。おまえも奴らの仲間か」

と浪人者が小声で言った。

「え……？」

訊き返したが、浪人者は冷徹な面長の顔を向け、威嚇するように囁いた。

「余計なことをすると、その綺麗な顔に傷がつくことになるぞ、俺のようにな」

見えない方の頬をわざと見せた。目の下から口元にかけて鮮やかな刀傷がある。桜は特に驚きもせず、

「もしかして『越中屋』の用心棒か何かですか」

と探るような目で見上げた。

「——二度と来るな。でないと……」

浪人者は刀の鯉口を切って、脅しをかけてきたが、肝が据わっているのか、桜はまったく怯まなかった。浪人者の表情が険しくなって、体を寄せてきた。

「只者ではないな……命が惜しくないのか」

低い声でさらに迫ってきたとき、路地の行く手に見える通りから、

「桜さんじゃないか。こんな所で何をしているのだ」

と言いながら、加納が入ってきた。

八丁堀同心の姿を見て取った浪人者は、すぐに顔を隠すように背中を向け、そのまま反対側に立ち去った。加納が「おい」と声をかけたが、浪人者は急ぎ足で逃げた。

「――何があったのです、桜さん……」

心配そうに近づいてきた加納は、桜の顔が少し険しいのを見て、

「大丈夫ですか」

と声をかけた。だが、桜はニコリと微笑み返すと、

「真っ昼間から口説かれるなんて……私、そんな女に見えますかね」

「えっ……いや、危ないから、こういう路地はあまり通らない方がいいかも……」

「ですよね……」

艶やかな桜の顔に、加納は照れ臭そうに笑った。

「それより、旦那……ちょいと調べて欲しいことがあるのですがね。これですがね」

と〝長寿丸〟の袋を見せて、

「痛み止めの薬ってことで人気があるらしいのですが、中身は阿片なんです」

「阿片――?!」

あまりにも唐突なので、加納は吃驚した声を発した。俄には信じられず、却って、桜のことを怪しむ目つきになった。

「この薬には、わずかですが阿片が含まれてます。ちゃんと知り合いの医者にも調べて貰いました。たしかに、これを飲むと体の痛みや疲れが取れるようですが、それはほんの一時のことで、そのうち同じ物を求めるようになって、体が蝕まれるんです」

「ど、どうして、桜さんが、こんなことを……」

「亡くなった人もいるのです。薬種問屋がこんなものを売っているとしたら、あまりに酷いことじゃありませんか」

「うむ……では、一応、預からせて貰おう。『越中屋』というのも気になるのでな」

「気になる……どうしてですか」

「なに、こっちのことだ。それにしても、桜さんといい梅さんといい、水茶屋の売れっ子娘がなんでうろうろと……」

「おや、梅とも何処かで会ったのですか」

「意外にも、主人が処刑された廻船問屋の『南海屋』でね」

「そうでしたか……」

あっさりと聞き流す桜に、加納は訝しげな顔になって、

「姉妹で一体、何をしているのですか」

「旦那こそ、あちこち歩きっぱなしで大変ですねえ。では、この薬のこと、宜しくお願い致しますよ」

桜はさりげなく離れ、薬袋を押しつけて立ち去った。

加納は袋の中をチラリと見てから、

「なんだかな……妙な塩梅になってきたぞ、こりゃ」

と、ひとりごちた。

その夜、加納は早々に『越中屋』を訪ねた。すでに表戸は閉めきっていたが、覗き窓から町方同心だと確認した八十兵衛は、潜り戸を開けて招き入れた。

「かような刻限に何事でございましょうか」

神妙な面持ちで、寝間着姿の八十兵衛は腰を屈(かが)めて加納を見た。八十兵衛に比べれば、まだ若造に過ぎない同心が、岡っ引も連れず、ひとりで来たことに警戒している様子だった。

「実はな、この店で作っている〝長寿丸〟には、阿片が混じっていると分かった」

加納が探るように言うと、八十兵衛は大袈裟(おおげさ)なくらい驚いた。

「ええっ……そんな馬鹿な……」

「奉行所にて、この薬を調べてのことだ」

と加納が〝長寿丸〟の袋を見せると、八十兵衛は桜のことを思い出し、

「もしかして、昼間来たあの女が……その中身は私どもが売ったものか、うちで確めたわけではありません。この『越中屋』を貶(おとし)めるために偽薬を……」

「いいや。おまえの店で作ったものだ。他にも幾つか集めておる」

「……」

「しかも、阿片の出所は……おまえは百も承知だろうが、廻船問屋の『南海屋』だ。

主人の善右衛門は抜け荷をして処刑されたが、店は残された。どうも胡散臭い……何か知っていることがあれば話してみろ」

「阿片などと……とんでもない。何かの間違いでございましょう」

懸命に否定したが、明らかに裏事情を知っている顔つきである。加納は穏やかな口調ながら責め立てた。すぐにでも、大番屋に連れていこうという勢いである。

すると、八十兵衛は目を閉じて、しばらく考えていたが、

「承知致しました……着替えて参りますので、少々、お待ち下さいませ」

と深々と一礼すると、奥に向かった。

だが、なかなか出て来ない。痺れを切らした加納は、

──もしかして、逃げたか！

と思って勝手に奥座敷に駆け込んだが、そこには八十兵衛が、握りしめた包丁を自分の胸に突き立てた姿で倒れていた。寝間着や床は朱色に染められている。

「あッ……ああ！」

加納は直ちに八十兵衛を抱き起こして様子を見たが、すでに事切れていた。

「まさか……覚悟の上での……」

打ち震えながら加納は、辺りを見廻したが、障子戸がわずかに開いたままなのが見えた。とっさに開けて、裏庭を見たが、誰もいる様子はなかった。

そこに、番頭の壮吉や手代が来て、悲鳴を上げるのであった。まるで、加納が殺したかのように非難の目を向けて立ち尽くしていた。

五

翌朝、『おたふく』店内では暗澹たる思いで、三姉妹が顔を付き合わせて座っていた。昨夜の客たちの名残があって、まだキチンと片付けられていなかった。

「まさか、八十兵衛が死ぬとはね……」

桜は深い溜息をついた。自分が探りを入れていた直後の事態に戸惑っていたのだ。しかし、もしかしたら殺しではないかと、桜は疑っていた。もしそうだとしたら、加納に探りを入れさせるよう仕向けた自分のせいかもしれないと、桜は忸怩たるものがあった。

「姉ちゃんが気にすることないわよ。『越中屋』は『南海屋』と何処かで繋がってる。ということは、善右衛門と八十兵衛は、もっと大きな力に消されたのかもしれない」

梅が冷ややかに推察し、竹は不安げにふたりを見守っていた。桜は小さく頷いて、加納から聞いたことを話した。

「八十兵衛が死んだ後、町方役人が来て、店の中を隈無く探したけれど、阿片のかけらひとつ見つからなかったそうなんだよ」

「他の奉公人は調べられたの？　何も知らないってことはないでしょうに」

梅が訊き返すと、桜は首を横に振りながら、

「それがね、番頭の壮吉たちも、〝長寿丸〟だけは、八十兵衛が自分ひとりだけで作っていたとのことで、何をどう調合していたかも知らないというのよ」

「おかしな話だねえ……うちに例えたら、お姉ちゃんだけが、お酒の中身を知ってるってことかしら。到底、納得できないわね」

「町奉行所としても、それ以上のことは調べようがない。現物が何も出てこないのだから……でも、八十兵衛が死んで一件落着というのでは、梅の言うとおり承服しかねる」

「でもさ……」

竹がポツリと声を洩らした。

「加納さんが阿片のことを調べようとしたから、もう駄目だと自害したとして、その間に阿片を隠すことなんてできないよね」

「だから、初めからなかったと町方役人も考えたのでしょうよ」

桜が答えると、竹が続けて言った。

「でも、阿片を隠す暇があるなら、自害なんかすることはないと思う。桜姉ちゃん、

誰かに襲われたって言ったでしょ。その後で、加納さんが行くまでの間に、八十兵衛は隠せたと思うのよ。なのに死んだ……何か変。きっと、町方の裏をかくような人がいて、八十兵衛は誰かに殺されたんだと思う。突然の自害に見せかけて」

「――あんた、ぼんやりしてそうで、色々と考えてるんだね、竹……」

梅が感心したように頷いて、

「私もそう思う。抜け荷していた『南海屋』と裏で繋がってるのは分かってる。鼈甲や象牙、唐織物だけでなく、唐薬種も長崎会所を経ずに手に入れてるからね。その中に阿片が交じっていても不思議ではないのよ」

「いずれにせよ……」

穏やかな桜も険しい目つきになって、

「薬の中に阿片を仕込んで、繰り返し欲しがるようにするなんて、人でなしの所行だわね……お灸をすえなきゃね」

「出たッ。桜姉ちゃんの、お灸！」

笑う竹を、梅は睨みつけて、

「遊びじゃないんだからね。私はもう一度、『南海屋』を探る。猪兵衛って番頭はどうも胡散臭い。堅気には見えなかった」

「なら私は、『越中屋』のことを調べてみる。あの刀傷の浪人者も気になるしね」

桜も決心をしてから、竹に向かって念を押すように、

「加納福之介にも気をつけた方がいいわね。惚けた風貌だけど、腹に何か一物抱えているようにも感じる」

と言うと、梅も同感だと言った。しかし、竹は小首を傾げて、

「そうかなあ……私と同じで、あまり物事を考えてないような気もするけれど」

「いいえ。あなたは三姉妹の中で、一番、利に聡いからね。算盤も上手だし……でも、それって、生きていく上で大切なことだからね。私たち姉ふたりが暴走するのを、ちゃんと止めてね、竹ちゃん」

梅に言われて、竹はペロッと舌を出して笑うだけであった。


薬種問屋『越中屋』が店を畳んだのは、その日のうちだった。何もかもがトントン拍子に動いている。

しかも、店の表には〝闕所〟の立て札が掲げられており、町方役人や中間ら数人が、表戸の前を固めていた。主人は自害であり、何か罪を犯したわけでもないのに、財産没収の上、商売ができなくなる〝闕所〟というのもおかしな話だ。

どうやら、店内に残っていた〝長寿丸〟から阿片が検出されたことから、薬種問屋の鑑札を町奉行所に取り上げられたようだ。しかし、奉公人は何も知らなかったので、

お咎めはなし。勝手しだいとなった。

潜り戸から、荷物を持った番頭の壮吉と三人の手代が出てきて、町方役人に深々と礼をして店から離れた。壮吉たちは一様に店の軒看板を振り返って、

「残念で仕方がありません」

と涙を拭った。

「それじゃ、番頭さん。主人の供養のことはお任せしますが……長い間、本当にお世話になりました」

手代のひとりが目頭を赤くして頭を下げると、壮吉も涙ながらに、

「みんな、達者で暮らすんだよ。生きてれば必ず良いことがあるからね」

と励ました。

去っていく手代たちを見送ってから、壮吉も踵を返して、別の方向へ歩き出した。

神田から日本橋の繁華な町中を抜けて、新大橋を渡って本所に向かった。

公儀の御籾蔵の前を通り過ぎて、南六間堀町の一角にある小さな寺に来た。随分と古い破れ寺で、人がいる気配はなかった。堀町というだけあって、小名木川と竪川を繋ぐ大きな堀川が目の前に流れており、幾つか細い水路が網の目のようにある。

壮吉は破れ寺の山門の前に立つと、尾行を警戒しているのか辺りを見廻して、サッと境内に駆け込んだ。

その姿を――数間ほど離れた路地から、桜が見ていた。

「やはり、何かありそうだね」

口の中で呟いて、山門まで来て中を覗くと、右手に鐘つき堂があり、正面に本堂が見える。左奥には庫裏が繋がっているようだが、境内は雑草が生い茂っており、以前は綺麗にしていたであろう石庭も無残な光景だった。

庫裏の方でガタッと物音がした。誰か待ち人でもいるのか、それとも無人なのか分からないが、壮吉が庫裏に入ったのは確かだ。

そっと近づいた桜は気配を消して、中を覗き込んだ。だが、土間や板間には埃が溜まっており、天井や梁には蜘蛛の巣が張り巡らされていた。長年、人が住んでいない廃墟同然であった。

「……」

桜が敷居を跨いで踏み込むと、庫裏の裏手に竹林が続いているのが見えた。篠戸がギシギシと音を立てて揺れている。

「あっ……！」

何か閃いて、竹林の方に出ていくと、その先には堀川が流れていた。しかも、すでに小舟に乗って艪を漕ぎ出している壮吉の姿が目に飛び込んできた。思わず駆けて、桜は川縁まで行ったが、壮吉は振り返りもせず、悠々と竪川の方へ向かっていた。

「──気づかれていたのね……私としたことが……」

苦虫を嚙(か)みつぶしたような顔をして桜は堀川沿いに追いかけようとしたが、その先には別の堀川があって遮られ、飛び越えることができなかった。小舟は意外と速く、遠ざかっていくのだった。

六

「それは、姉ちゃんらしくないわね」

梅が真剣なまなざしで聞いているのは、廻船問屋『南海屋』近くにある茶店の中でだった。

一旦は壮吉に逃げられたものの、桜は乗っていた小舟の行く手に当たりを付け、川船人足ら〝目撃〟した者から話を聞きながら追跡して辿り着いたのが、鉄砲洲だった。随分と大廻りしたが、『越中屋』を探っていた桜に気づいて巻こうとしたのであろう。

しかも、壮吉は、猪兵衛に出迎えられて、店の中にいるという。

「却って、『南海屋』と繋がっていることがハッキリしたじゃないの」

通りを挟んだ『南海屋』の看板を見ながら、梅は言った。

「こっちも、ちょっとしたことを摑んだわよ……『南海屋』は廻船問屋としては中堅所だったけれど、二年ほど前に猪兵衛が番頭になってから、俄にのし上がったんだ。やはり、あいつは只の男じゃなさそうよ」

「壮吉との関わりを調べた方が良さそうだね。もしかしたら、ふたりは昔馴染みかなんかで、『南海屋』と『越中屋』を利用したのかもしれない」

「うん。今はいずれも主人がいなくなった……そして、番頭だけが残っている」

　と梅は目を細めて続けた。

「この前ね、この『南海屋』を調べてたら、加納さんが来たのよ、福ちゃんよ……そのとき、おせいっていう老婆が『自分の息子は人殺しじゃない』って騒いでいたのだけれど、息子の貞吉って人は、『南海屋』の手代を殺したってことなの。しかも、五年も前にね」

「手代を……どうして、また……」

「で、ちょっと探ってみたら、殺された手代ってのは、たまたまこの店に来てた『越中屋』の手代だったのよ」

「えっ。つまり、別の店の手代ってこと？」

「そういうこと。殺されたのは、松之助って人で、亡くなった『越中屋』八十兵衛の下で薬の調合をしていた薬師（くすし）でもあったんだって」

　薬師とは本来、薬剤師がいなかった時代の医師のことだが、本草学（ほんぞうがく）に基づいた処方、調剤などを担っていた。

「松之助は、おせいさんて人の息子、貞吉に殺されたとのことでね……読売屋のネタ集めをしていた貞吉が、松之助を探っていたときに何か揉めて、殺したらしいんだよ」

梅は、貞吉が色々なネタを渡していた読売屋にも事情を聞いたという。貞吉は、しょうもないネタを持ち込んでは、金をせびっていた。読売屋は、その手の者を何人も抱えていて、面白そうな事件を探させていたのだ。

その頃、貞吉が見つけたのは、〝長寿丸〟に阿片が使われているらしいということだった。そのことで、貞吉は薬師である松之助に直に当たっていたのだ。

「そうなの？　じゃ、今、私たちが探っているのと同じじゃないの」

桜が驚くと、梅は神妙な顔で、

「無実を訴えている母親の執念が、私たちを引き寄せたのかもしれないね」

「え……？」

「それはともかく、貞吉は、松之助を上野の水茶屋『おかめ』に誘ったそうなんだよ」

「『おかめ』……うちの好敵手じゃないの。むこうは正真正銘のおかめを売りにしてるけれど、うちの方が人気が上だわよね」

珍しくムキになって桜が言うと、梅は落ち着くようにと肩に手を当て、

「その離れで、ふたりは酒を飲んでいたらしいんだけれど、おかねという女が追加の酒を運んできたとき、丁度……」

突っ伏した松之助の背中から、貞吉が匕首を引き抜いているところだった。

その目は虚ろで、全身が震えていたという。おかねが悲鳴を上げると、店の男衆が駆けつけてきて、貞吉を取り押さえた上で、自身番に報せに走ったのだ。

『い、痛い……早く抜いてくれ』

厠に行って戻ってきたら、松之助が刺されており、
と言うので、貞吉は思わず抜いてやっただけだ。

殺したのは自分ではないと必死に訴えたけれど、日頃の行いも悪いせいか、お上は聞く耳を持たなかった。

「おかねという証人もいるし、あいつならやりかねないと、庇ってくれる者もいなかったそうだわよ」

梅はまるで見てきたように淡々と語ったが、桜には痛々しいことだった。五年前といえば、まだ三姉妹は子供も同然だから、『おたふく』を出していない。『おかめ』の事件はうっすらと覚えているが、特に気にしていなかった。

それよりも、『おたふく』の暖簾を掲げた後、『おかめ』の女将・お亀が乗り込んで

きて、「うちの真似するなッ」と恫喝されたのを、三姉妹は記憶している。女相撲の力士のような体軀で吃驚した。そのとき、色々と厄介事を処理してくれたのが、新八である。

『おたふく』も『おかめ』も幸福の象徴であり、夫婦円満、子孫繁栄、商売繁盛に繫がり縁起が良い。ゆえに、お互い〝良いこと尽くし〟ということで、手打ちとなったのである。

とまれ——桜は、『南海屋』と壮吉のことは引き続き梅に任せて、自分は貞吉が何故、松之助を殺したのか、あるいは間違いなのかが気になって調べることにした。

貞吉が最もネタを渡していた読売屋は『夢楽堂』という日本橋茅場町は薬師堂の側にあった。近くには八丁堀があり、与力や同心の組屋敷があるので事件を拾いやすいからだ。刷り上がったばかりの読売を手にした瓦版売りたちが威勢良く出入りしていた。

桜が暖簾を潜ってくると、主人の染之助はアッと目を凝らした。

「もしかして……『おたふく』の女将さんですか……」

染之助は三十過ぎの女好きのする男前だが、怪しいネタばかりを扱う読売屋だけあって、どこか嘘臭い笑みを浮かべていた。だが、少しばかり、桜の美貌に圧倒されたように、

「そうですよね。たしか桜さん……」

「はい。そうです。ご主人はうちにいらしたことはないと思いますが、よくご存じで」

愛想は良いものの探るような目で、桜が言うと、染之助は嬉しそうに、

「だって、『おたふく』の三姉妹は、二代目・喜多川歌麿の娘で、揃いも揃って美女ばかり。歌麿の美人画はぜんぶ娘たちを描いたものだってのが、専らの評判ですからね」

桜と梅、竹の父親は、染之助の言うとおり、戯作者で浮世絵師として有名な二代目・喜多川歌麿である。

この二代目・歌麿は鉄五郎といって、元々はやはり戯作者で浮世絵師、そして狂歌も詠んでいた恋川春町に師事していた。その後、『寛政三美人』などで有名な浮世絵師・喜多川歌麿の門人となった。

ところが、先代・歌麿は文化年間に、『太閤五妻洛東遊観之図』という大作を描いたことで、幕府から手鎖五十日の刑を受けた。当時、織豊時代の人物を扱うことが、禁じられていたゆえである。

それからすぐ、歌麿は病気になって亡くなったが、絶世の美女と称された〝たか〟という若妻が残された。鉄五郎は未亡人となった〝たか〟と一緒になり、名も喜多川

歌麿の二代目と名乗った。

絵師仲間からは、随分と嫉妬されたが、鉄五郎は先代に恥じぬよう修練を重ねて、美人画をはじめ浮世絵を幾つも残しているが、先代には到底、及ばなかった。

だが、先代が残せなかったものを、二代目はしっかりと残した。それが、桜、梅、竹の美人三人姉妹で、その母親は〝たか〟である。三人とも母親譲りの美女で、それこそ浮世絵にも描かれているほどである。

「その美女が、うちに何の用でございましょう。桜さんが来たというだけで、読売が飛ぶように売れると思います」

染之助が揉み手で言うと、桜はお世辞でも嬉しいと返して、

「聞きたいのは、貞吉さんのことです」

「貞吉……」

「ええ。ここにネタを沢山、持ち込んでましたよね。で、『越中屋』の不正を調べているうちに松之助という手代を……」

「そんな昔の話なら御免被りたいが……知ってることは、すべて奉行所で話しましたがね。それが、何か……」

あまり触れられたくない様子の染之助だったが、桜は穏やかな物言いで尋ねた。

「『越中屋』の松之助さんは、本当に貞吉さんに殺されたのでしょうか」

「その場にいたわけじゃないから分からないけれど……俺もあいつが殺したとは思えねえ。そんな度胸なんかないし、第一……松之助を殺してしまったら、肝心の証人を失うことになるからな」

「証人……」

「ああ。だって、うちとしても『越中屋』が〝長寿丸〟に阿片を混ぜてるってことを調べてたんだから。松之助が証言すりゃ、町奉行所も動いたはずだ」

染之助の方から、〝長寿丸〟の話を出してきたから、桜は訊き易くなった。

「だから、貞吉さんが殺すわけがないと……」

「そりゃそうだ。でも、その場を見たのは『おかめ』の女だけだが、他に誰かが出入りした節がなかったから、貞吉は下手人にされちまった……でも、俺は貞吉が処刑される前に、同じお白洲にいたんだが、『誰かにハメられたんだ。染之助さん、助けてくれ。本当に俺が厠から帰ったときには、誰かに刺されてたんだよッ』……と切実に訴えてた」

「……」

「そのときのあいつの顔に嘘はなかった。たしかに、ちょいと金にだらしねえところはあったが、仮にも読売ネタを拾ってくる奴だ。悪い奴をのさばらせたくないっていう気概はあった。悪い奴じゃねえよ」

庇うように言う染之助を、桜は潤んだような瞳で見つめながら、

「もしかして、ご主人も、その事件のことはおかしいと思ってたのですね。〝長寿丸〟と貞吉さんの事件は繋がっている……そう感じているのでは、ありませんか」

「え、ああ……」

「真相を突き止めたくはないのですか」

「うちのようなしがない読売屋じゃ、下手に調べると……貞吉が処刑された後も、『余計なことは調べるな』と言われたわけじゃないが、妙な連中が店の周りをうろついてたし」

「妙な連中……その人たちが何処の誰かは分からないのですか」

「──五年も前のことだし、もう……」

染之助は首を横に振りかけたが、思い直したように、

「そりゃ俺だって読売屋の端くれだ。察してたことはあるよ……『越中屋』は、松之助を使って〝長寿丸〟を作らせていた。それに勘づいたのが、貞吉だ。奴は、松之助が阿片を扱っていることを嗅ぎつけた。そして、密かに松之助を強請(ゆす)っていたのかもしれない」

「強請っていた……」

「金にはだらしがないって言っただろ。けど、相手の方が一枚上手だった。『越中屋』

の主人は、世間にバレるのを恐れて、松之助の方を始末し、その罪を貞吉におっ被せたんだろうよ」

「主人というのは、此度、自害した八十兵衛さんのことですか」

「詳しくは知らないが、そうだろうよ。でも、八十兵衛さんが自害なんて……やっぱり裏にはもっとドス黒いものがあって、殺されたのかもしれねえなあ」

「だとしたら、ご主人。貞吉さんの遺志を継いで真相を暴きませんか。貞吉さんの無念を晴らせたら、無実を信じているおっ母さんの気持ちも少しは救われるんじゃないかと」

　真剣なまなざしになる桜を見て、染之助は苦笑いになって、

「こんな美しい人に頼まれたら、嫌とは言えないじゃねえか……その代わり、あんたの浮世絵、うちで出させて貰えないかねえ」

と商売っ気のある冗談も言った。

七

　上野広小路から池之端仲町に向かった通りの一角に、水茶屋『おかめ』はあった。目の前には不忍池が見渡せる。

店の表に暖簾を掛けに出てきた女将のお亀に、染之助が近づいてきて声をかけた。

「もう入っていいのかい」

「あら、いい男……今日も可愛らしいおかめがおりますわよ」

「そりゃ楽しみだ。たまには、『おかめ』もいいかもしれねえな」

「選り取り見取り。うちは楽しいお酒が売りですから、癖になりますよ、さあさあ」

お亀は豊かな体を擦りつけてきた。

「実は、何年か前に来たんだけどね、あのときに会った、おかねって娘が忘れられなくて……相模くんだりから来たんだよ」

「えっ。そうなんですか……」

お亀は複雑な顔つきになったが、染之助の手を握ると、

「あんな娘よりも、もっと可愛いのがおりますよ。しかも、私のようにぽっちゃりとした、あなた好みのおかめが」

と迫った。が、染之助は駄々を捏ねるように、おかねがいいと迫った。

「でもねえ……おかねなら、もうとっくに辞めてるんだよ」

「そうなんですか……」

「おかねに負けない、とっても気立てがいい娘がいますから、さあさあ」

「残念だな……女将さんには悪いが、俺はおかねに会いたくて、金を貯めて来たのに。

誰かの嫁にでもなったのかい」

染之助は財布からさりげなく五両を出して、お亀に渡し、

「会いたいなあ……絶対、会いたい……」

と甘えた声で言った。

「――そこまで言うなら……忌々しい事件を思い出すから、あまり関わりたくないんだけどさ……おかねなら、深川の富岡八幡宮の方で、飲み屋をやってるそうだよ……店の名はなんだっけねえ……たしか『花月』とかいう」

「おかねじゃないんだ」

「ええ、うちに似てる名になるからって……」

「そうですかい。こりゃ、いいことを聞いた。この店にもまた改めて来るよ」

一礼すると染之助は跳ねるようにして、立ち去った。

富岡八幡宮の参道から大横川に抜ける路地に、目当ての『花月』はあった。

蕎麦屋でもないのに縄のれんが垂れており、夕闇の中に軒提灯がぼんやりと浮かんでいる。染之助はさりげなく、ふりの客のように入ると、隅っこの席に腰掛けた。店内は、数人が座れる白木の付け台があり、通路を挟んで、やはり数人が座れる小上がりがあるだけである。

厨房には若い板前がひとりいるだけで、酌婦のような女は、おかねだけだった。お

亀ほどではないが、豊かな体つきである。

刺身や煮物を摘みながら、二合ほど酒を飲んでから、さらに追加したとき、

「いい飲みっぷりですねえ、お兄さん。うちには初めてですよね」

「ああ。ここの女将さんは気っ風がいいと噂に聞いてね」

「おや、それは嬉しい……でも、役者みたいないい男なのに、独り酒は寂しいんじゃないかい。それとも、いつもは女をはべらせているから、たまには静かに飲みたいのかな」

おかねは客あしらいに慣れているようで、気さくに話しかけてきた。

「なるほど、こんないい姐さんだから、若い亭主と一緒にこの店を始めたのかい」

「あら、板さんは亭主じゃありませんよ」

「そうかい。だったら、俺が口説いてもいいってこった」

「嬉しいねえ。でも、こんなおかめをからかっちゃいけませんよ」

「その『おかめ』をなんで辞めてしまったんだい。女将さんの話じゃ、店で一番の人気だったらしいじゃないか」

「えっ……」

一瞬にして表情が固まって、おかねは染之助を凝視した。

「もう五年も前のことだ。貞吉の一件で気が咎めてのことだろうが、気にすることじ

ゃない。こうして、新しい人生を歩めて、結構なことじゃないか」

「……変なことをお言いでないよ。なんなんだい、おまえさん」

愛想良さは消え、俄に目つきが悪くなった。

「あの夜、『おかめ』の離れで、あんた本当は何を見たんだ。俺は十手持ちじゃねえ。いっそ誰かに話してしまった方が、気持ちが楽になると思う。その方が幸せになれるぞ」

「知らないよ。妙な言いがかりはよしてくれないかねえ」

荒らげるおかねの声に、厨房から若い板前が顔を出した。が、「なんでもない」と、おかねは手を振ってから、

「不味(まず)い酒になるから帰って下さいな。お代はいりません」

「しかしな、あんたの証言で、貞吉は死罪になっちまった。本当なら、当たり前に生きてたんだ。俺と一緒にな……」

「……」

「おふくろさんも泣いて暮らさなくて済んだ……寝覚めが悪くねえか？　あんたが殺したわけじゃないだろうが、いつかは報いがくる……松之助も貞吉も死んだが、『南海屋』と『越中屋』の主人もこの前、死んだ。なんでだろうな」

おかねは、わなわなと震え始めた。何か事情を知っているのは明白だった。

「お願いだから帰っておくれ。私は本当に何も知らないんだよ。見たままを、お白洲で話しただけだよ。さあ、とっとと出てって」

乱暴に言うと、自分から縄のれんを払って、表に出るよう誘った。

そのときである。表通りに人影が現れた。おかねに、まったく気づいている様子はない。染之助は不審に思い、とっさに、

「危ない！」

と声をかけ、手にしていた徳利を人影に向かって投げた。

驚いて振り返ったおかねの目の前には、浪人者がいて、すでに鯉口を切っていた。桜を襲った頰に傷のある奴である。

「ひいっ――」

おかねは驚いて、その場に崩れた。が、素早く出てきた染之助は、浪人者に体当たりして突き飛ばそうとした。だが、浪人者はわずかに躱し、素早く抜刀して斬ろうとした。

その顔に、シュッと音がしたかと思うと、五寸釘が飛来して、浪人者の頰に突き立った。とっさに抜いたが、さらに五寸釘が飛んできた。たまらず身を翻した浪人者は、路地の方に向かって逃げ出した。思わず染之助は追いかけたが、路地に飛び込んだときには、すでに浪人者の姿はなかった。

「――な、なんなんだ……！」

染之助は店に戻って、ガクガクと震えているおかねを抱き寄せた。

「今の浪人者……知っているのかい」

「……」

「どうして、おまえを斬ろうとしたのか、心当たりがあるんだな……もしかして、松之助を殺ったのも奴じゃねえのか」

おかねが震え続けているのを、板前も駆け寄って心配そうに見ていた。

「俺は読売屋『夢楽堂』の染之助って者だ。必ず守ってやるから、知ってることを話しちゃくれねえか。あんたには罪にならないように計らってやるからよ」

優しい声で言って、染之助はおかねを見つめた。

一方――。

大横川沿いにある材木置き場に、浪人者は走ってきていた。すっかり宵闇が下りて、辺りに人は誰もいなかった。

浪人者が顔面に流れている血を拭って、

「くそっ……」

と苛立った声を発したとき、高く積んである材木の陰から、幽霊のように現れた人影は――桜であった。

「誰だ……」

「いつぞや、『越中屋』の近くの路地で、危うく斬られそうになりましたがねえ」

「……」

「今度は、おかねさんを口封じですか……松之助を殺し、『越中屋』の主人を自害に見せかけて殺したのも、あなたの仕業ですね」

桜はスッと潰し島田から簪を抜くと、腰を低くして身構えた。

「でも、『南海屋』の主人は、あっさりと処刑された……遠山様が今少し調べてからと提案したにも拘わらず、即日……裏には、奉行の意見もはねのける、とんでもない御仁がいるということですか」

浪人者は問いかけには答えず、間合いを取りながら、桜をじっと睨みつけ、

「なかなか筋が良さそうだが、一体、おまえは何者だ……どうやら阿片のことを探っているようだが、それで何になるのだ。やはり町方の廻し者なのか」

「所詮はあなたも、猪兵衛や壮吉の駒に過ぎないんじゃないの？　それこそ口封じに殺されるのがオチだわね」

ジリッと間合いを詰める桜を見ながら、浪人者は微動だにせずに斬り込む隙を探っていた。ほんのわずか、桜が横にずれ、相手と向かい合う〝中心線〟をずらした。次の瞬間、浪人者が斬り込んできたが、桜の姿がパッと消えた。

振り返って身構え直したが、そこには誰もいなかった。不思議そうに周りを見廻し、材木の上の方も窺ったりしたが、桜はまさに幽霊のように、闇の中に溶けてしまった。

「⁉――どこだッ。どこにいる！」

浪人者は見えなくなってしまった桜を、あちこち捜したが、まったく気配もなくなった。不安に駆られるように、浪人者はその場から走って立ち去るのだった。

材木の陰に――桜の顔が浮かんだ。闇に紛れたまま浪人者を尾けるのだった。

浪人者が急ぎ足で駆け込んだのは、山下門内の大きな屋敷だった。江戸城の門番は大名や旗本の家臣が担っている。ゆえに、無頼の浪人者が誰何もされず通れるわけがない。だが、その浪人者は通行札を見せることもなく、顔を見ただけで通されたのだ。

立派な長屋門はすでに閉まっていたが、番小屋脇の扉が開くと、浪人者は当然のように屋敷内に入っていった。

八

水茶屋『おたふく』の表には暖簾が出ていない。三人姉妹は、箱行灯ひとつの薄暗い店内で顔を付き合わせていた。

「山下門内……⁉　御公儀の重職の屋敷しかない所じゃないの」

梅がひっくり返りそうな声を上げると、竹も吃驚して、

「で、桜姉ちゃん。その浪人者は一体何者で、誰のお屋敷に入ったの」

と訊くと、桜は見てきたばかりのことを伝えた。

武家屋敷に忍び込んで、天井裏や床下から盗み聞きするのは、梅が得意とするところだが、桜もできなくはない。調べ事をしているときは、着物の下に動きやすい装束を常に身につけているのだ。

「なんと……老中・堀田豊後守のお屋敷だったのよ。知ってのとおり、南北の町奉行を支配しているのも、この堀田……」

「てことは、浪人者はその家臣？」

「佐野徳兵衛という目付らしい。何が徳兵衛だと笑いが出そうだったわよ」

「そういや桜姉ちゃん、いつもはおしとやかなのに、なんでもないときに時々、大笑いして止まらなくなるもんね。それで、相手に見つかりそうになったこと、何度もある」

「竹……その話、今しなくてもいいでしょ」

「だね。てことは、その堀田という偉い老中が、『南海屋』と『越中屋』を操って、阿片を扱ってたってことね。それで、自分にとって不都合になった者は消した」

自分で納得しながら竹が言うと、梅も頷いて、

「猪兵衛は番頭でありながら、実質は主人として『南海屋』を仕切ってて、壮吉は

『南海屋』に入り込んだまま姿を見せない……もちろん、忍び込んで見たところによると、日がな一日、無聊を決め込んでるけれど、きっとまた何か悪さをやる気でしょうよ」

「ふたりとも主人を消して、いいご身分ね」

桜は皮肉で言ってから、梅と竹を真剣な表情で見た。冷静ではあるが、怒りを秘めているような目つきだった。

「このままでは、私たちが何をしようと、老中という黒幕がいるのだから、揉み消されてしまうわよね……さて、どうする。私たちが二代目・喜多川歌麿の威信にかけて、浮世絵で始末しようか、ねえ？」

浮世絵とは、町絵師による誰もが楽しめる風俗画である。役者絵や美人画が人気だが、昔の筆による彩色ではなく、版画の多色摺りができるようになって、〝錦絵〟が生まれた。この〝錦絵〟の技術によって、多彩な浮世絵が町人たちの間で広まるようになったのだ。

役者絵や美人画の中でも、いわゆる〝大首絵〟という、現代でいえばクローズアップで、繊細で実感のある人物の顔を描くことが広まった。この手法で、美人画を沢山描いて名を馳せたのが、先代の喜多川歌麿である。

もっとも、ただ美しさや珍しさを競ったのが歌麿の浮世絵ではない。描かれている女たちの内面を現すことに長けており、公権力に対する反骨精神を絵の中にある風景や人物に託していた。

ゆえに晩年になっても、大判錦絵『太閤五妻洛東遊観之図』によって手鎖五十日という刑を受けたほどである。それでも屈することなく、『深川の雪』という肉筆の大作を描いた。これは、深川の料理茶屋の座敷を舞台にした、辰巳芸者や膳を運ぶ女だけを二十七人も描いたものだ。ここに当世では自由とは言い難い女たちの奔放な気持ちが漂っている。

「そうだね、桜姉ちゃん。二代目の私たちのお父っつぁんも、先代よりも反骨精神が強かったからこそ……いいえ、もっと進んで、権力に胡座を掻いて庶民を苦しめる輩を許せないからこそ、〝浮世絵始末〟を私たちに託したんだからさ」

「うん。そのために、私たち三姉妹が結束してるんだからね」

梅も大きく頷くと、桜は軽く胸を叩いてから、歌麿の浮世絵のように凜とした顔つきで微笑みながらも、

「後は黙って、仕上げを御覧じろってことかいなあ」

と、ふざけて見せた。

翌日――夏の夕景らしく、西の空が真っ赤に染まり、富士山も美しく染まっていた。

町行く人々も思わず足を止め、溜息交じりに眺めていた。

浅草雷門前には昼間ほどの参拝者の賑わいはないが、その界隈の路地という路地には、夜の明かりが点々と広がっていた。

水茶屋『おたふく』の軒提灯も艶やかに浮かび上がり、お多福の看板も燦めいている。店の中はいつものように大賑わいだが、二階の広い座敷は貸し切られ、客がふたりだけ所在なげに座っていた。

客ふたりとは、猪兵衛と壮吉であった。

「ご免なさいね。折角の初お目見えなのに、騒がしくて申し訳ございません。女将の桜と申します。以後、お引き立てのほど」

三つ指を突いて深々と頭を下げた桜は、酒と肴がある高膳の前に座している客たちに挨拶をした。黒地に絣(かすり)模様の着物姿は、いかにも水茶屋の女風だが、ほんのり洩れている笑みが妙に艶めかしい。

「佐野徳兵衛様は少し遅れるそうですので、どうぞ先にやって下さいとのことです」

桜が声をかけて猪兵衛の側に寄ると、銚子を傾けた。にやけた顔になって杯を差し出すと、酒を受けてグイッと飲み干した。

だが、壮吉の方はじっと桜の顔を見ている。化粧のせいか、『越中屋』に〝長寿丸〟のことで訪ねたときの女と同じとは思っていないようだが、何処かで見たことがあると感じているようだった。

「そちら様もどうぞ」

ふたりの間に入るようにして、壮吉にも酒を注ぐと、こちらも喉を鳴らして飲んだ。

「――それにしても、佐野様がこの江戸でも指折りの水茶屋『おたふく』の馴染みとは、知らなかったな」

壮吉が言うと、猪兵衛も頷いて、

「あの御仁は堅物だと思っていたが、女将のような美人ならば、さもありなん。俺たちにも隠していたわけだ」

「ええ。いらっしゃるときは、いつもおひとりでございました。でも今日は、仲の良い飲み友達とご一緒なので、こうして二階座敷を貸し切りにしてくれと……何か大切なお話があるとのことでしたから」

「え、ああ……」

曖昧に答えた猪兵衛と壮吉は、まだ居心地悪そうに顔を見合わせた。

「わずか一刻ほど前に使いの者が来たので、急いで来たのだが、誘った方が遅れるとは、何かあったのかな」

「ご老中・堀田様の御家臣ですから、何かとお忙しいと存じます。おっつけおいでになると思いますので、それまで私と妹たちがお相手致しますので、宜しくお願い致します」

手を叩くと、それが合図となって、梅と竹が入ってきた。梅は凛としているが気取らない様子で、柏(かしわ)の家紋入りの着物なのに、妙に色っぽい。竹の方は若く愛らしいのに芸者髷で、派手な色合いの着物に幅広の帯を胸高に緩く締めている。それぞれが名乗ったが、

「おお……いずれ菖蒲(あやめ)か杜若(かきつばた)……いやあ目にも鮮やかで、なんともまあ……」

と猪兵衛も梅に会っているはずなのに、まったく気づいていない。壮吉と一緒になって相好を崩した。

「噂には聞いていたが、さすがは喜多川歌麿の娘さんたちだ……そういや、桜さんは大評判の美人画になった、浅草観音境内の水茶屋『難波屋(なにわや)』おきた……梅さんは、両国薬研堀(やげんぼり)の煎餅(せんべい)屋の高島長兵衛(たかしまちょうべえ)の娘、おひさ……そして竹さんは、新吉原芸者の豊雛(とよひな)に似てる気がするなあ」

猪兵衛が酒を飲みながら楽しそうに言うと、桜は吃驚した顔で、

「おやまあ、お詳しいこと。嬉しいですわ……でも、それって先代の喜多川歌麿の名作で、私たちの父親は、二代目ですの」

「ああ、知ってるよ。たかさんとかいう、先代の綺麗な女房を戴(いただ)いてしまったんだろ……あ、済まぬ。そういうつもりでは……」

「いいんです。お父っつぁんは入り婿という形で、おっ母さんと一緒になったんです。でもおっ母さんは早くに死んでしまって……私たちを食べさせるために、お父っつぁんはせっせと絵を描いていたようなものなんです。絵については、先代とは比べたら可哀想です」

「そうだったのか……」

「お父っつぁんもあまり丈夫ではなく、何年か前に……」

亡くなったと桜が言うと、梅と竹も華やかな宴席とはうらはらに、暗い顔になった。

「ですから、お父っつぁんのためにも、私たちがこうして頑張ってるんです。お父っつぁんが私たちに教えてくれたのは、ただひとつ。他人様に迷惑をかけるな」

「さすが、良いこと言うねえ」

「本当にそう思っているのですか?」

梅が猪兵衛を見据えて言うと、杯を傾けていた壮吉も「えっ」という顔になった。

「だったら、どうして悪いことに手を染めたのです」

さらに梅が突っ込んだとき、「女将さん、佐野様がおいでになりました」と声があって襖が開き、新八が顔を出した。その顔を見た猪兵衛と壮介は思わず声を揃えて、

「あれ……おまえは、佐野様の使いじゃなかったのかい」

「へえ、そうでございますよ」

新八が頷いて、招き入れたのは佐野であった。例の浪人者である。

「なんだ、おまえたち。かような所に呼び出して何事だ」

「えっ……だって、ここは佐野さんのご贔屓（ひいき）……」

と言いかけた猪兵衛が、急に目が廻ったように頭をクラクラさせて、高膳の上に倒れ込んだ。吃驚した壮吉が手を差し伸べようとして、そのまま横転した。すると、竹が、

「お酒に混ぜたのに、なかなか効かないから、ドキドキしてたよ」

ほっとして胸を撫（な）で下ろした。

「!?――な、なんだッ」

突然の事態に目を凝らした佐野の口を、背後から新吉が手拭いで塞いだ。強い眠り薬でも嗅（か）がされたのか、佐野は吊り人形の糸が切れたように床に崩れた。

「女将さん、これでいいですかい……一体、これは何の真似です？」

新八が訊くと、三人娘が佐野を取り囲むように立った。そして、桜が毅然（きぜん）と、

「訳は後ですべて話す。でも、これがお父っつぁんへの供養のひとつだと思って、最後まで手伝っておくれ。雇ってる娘たちや客には絶対に気づかれないように……ね」

と言うと、新八は真顔になって頷き、

「へえ。娘たちに何かあったら、おまえが体を張って助けろ……そう親方に言いつか

っているので、なんなりと……」

「そうかい。では、幕開きといきましょうかね」

九

薄暗い室内で目が覚めた猪兵衛は、起き上がろうとしたが、手足をきつく縛られていることに気づいた。動こうとしても、縄が食い込んで痛みが走った。

部屋の片隅には、同じように縛られた壮吉の姿があった。猪兵衛は必死に芋虫のように這(は)って近づきながら、

「──そ、壮吉……大丈夫か……生きてるか、おい……」

だが、返事はない。ぐったりと顎を上にして横たわっているだけだが、側まで来ると息をしていることは分かった。猪兵衛が転がったまま、何度も体を押しつけていると、壮吉はうっすらと目を開けた。

「気づいたか、壮吉……」

「こ、ここは……」

壮吉も闇の中で目を凝らして見廻そうとしたが、自由に身動きできないことに気づいて、俄に情けない顔になった。

「一体、何があったんだ……」

「俺にも分からない。ただ、『おたふく』で酒を飲んでいて、佐野様が来たときから、突然、途切れているんだ」

「ああ、そういや、猪兵衛さんがぶっ倒れたんで近づこうとしたら、俺も……そこからのことは覚えてねえ」

ふたりして深い溜息をついたが、猪兵衛は疑い深い目になって、

「やられちまったな……」

「えっ……？」

「佐野様にだよ。あの人に誘われて、のこのこ『おたふく』に出向いたから、こんな目に遭わされた……きっと、あの女たちも佐野様とグルなんだろうよ」

「ああ、思い出した……でも、佐野様は俺たちを見て、自分の方が呼び出されたように言ってたけど……」

「それも罠なんだろう。善右衛門をさっさと処刑し、八十兵衛も自害に見せかけて殺した……五年前には、おまえんとこの松之助も、貞吉って奴のせいにして殺した奴だ。次は、俺たちの番なんだろうよ」

猪兵衛が確信に満ちた声で言うと、壮吉は悲痛な顔になって、

「ひいっ。こ、殺されるのかい……一体、何処なんだ、ここはよ……」

「分からねえ。とにかく、なんとかして逃げよう。でねえと、あの人殺しも厭わない佐野様のこった……いや、様なんて言うことはねえ。血も涙もねえ佐野なんかに殺されてたまるかッ。逆に、ぶっ殺してやろうぜ」

縛られていても手の指先は動く。猪兵衛は自分よりは緩く縛られていそうな壮吉の縄を、懸命に解いてやろうとした。なんとか縄をたわめてやると、壮吉も自分の歯で嚙んで、さらに緩めていった。

「ああ……」

ようやく両手が自由になった壮吉は、自分の足の縄も解いて、痺れていた体を動かして、血の巡りを良くした。

「さあ、俺も解いてくれ」

猪兵衛が壁に体を預けるようにして座ると、壮吉はその前に座ったが、

「やなこった」

と言った。その目の奥は鈍く光っている。

「な、何を言い出すんだ、壮吉……」

「これまで散々、おまえの言いなりになってきた。おまえと一緒に逃げたら、お尋ね者にされて、こっちまで首が飛んじまわあ」

「おい……どれだけ稼がせてやったか、恩を忘れたのか」

「恩だと？ ふざけるなよ。〝長寿丸〟を作って売り捌いていたのはこっちだ。おまえは抜け荷をして阿片を運んできてただけじゃねえか。兄貴面するんじゃねえ」

「壮吉……いいから、これを解け」

「命令するな。こっちは長年、我慢してたけどよ、おまえの偉そうな面を見るとクサクサしてくるんだよ」

と壮吉は乱暴に猪兵衛を蹴倒した。

「ここが墓場だと観念して、佐野が来るまで待ってるんだな」

「おい……おまえひとりで逃げたって、どうせ捕まるぞ。なにしろ、相手はご老中様だ。佐野だって手先に過ぎねえ。おまえがペラペラ喋る前に、必ず殺されるぞ」

「黙りやがれ」

「俺と一緒なら、絶対に見つからない隠れ家がある。ああ、教えてやるから、この縄を解け。さあ、早く」

「御免だね。そうやって解いた瞬間に、匕首でグサリ……おまえが色々な奴を裏切ってきたところを、俺は若い頃から見てる」

「こっちが生き延びるためだ。綺麗事で世間が渡れるか」

「同じ言葉を返すぜ」

壮吉が背を向けて手探りで、出口を探そうとしたとき、ううっと呻き声が隣室から、襖越しに聞こえてきた。

振り返った壮吉が、身構えながら、思い切り襖を開けると——そこには、梁から下げられた縄に首を掛けられた佐野の姿があった。猿轡を噛まされ、手足を後ろ手に縛られて、踏み台とした木箱の上に立たされている。

「う、ううッ……」

「これは……さ、佐野様ではありませぬか……!」

驚きを隠しきれない壮吉は、恐怖におののき、救いの目を投げかけている佐野を目の当たりにして、一瞬、息を吞んだ。

「ど、どういうことでぇ……」

「うう……うう……」

猿轡をされながらも、佐野が助けを求めているのが分かる。踏み台を外せば、梁に掛けられた縄で首を吊ることになる。しかも、踏み台は少しグラグラしている。何かの弾みで倒れれば、佐野は一巻の終わりだ。その恐怖に怯えながら、ずっと立ち尽くしていたのであろうか。

「佐野様……あなたも、ご老中から始末されるってこってすかい」

「う、うう……」

必死に首を振ろうとしているが、均衡を崩して踏み台がずれると大変な事態になるので、佐野はじっと我慢していた。

「――そういえば……近頃、妙な輩が俺たちの周りを嗅ぎ廻ってた。北町の加納とかいう若い同心も調べにきやがった……善右衛門も八十兵衛もさっさと始末した堀田豊後守のこった、何をするか分かったもんじゃねえ」

「うう……」

「どうやら、佐野様も用無しになったってことですね。こいつは、益々、やべえことになってきやがったぞ……こうなりゃ、三十六計逃げるにしかずでえッ」

壮吉はニンマリと佐野を見上げると、

「長い間、お世話になりやした。でも、旦那にもずっと見張られてたし、猪兵衛とふたりして俺のことを扱き使ってばかりでしたから、これからは勝手にさせて戴きやす。ごめんなすって」

と思い切り踏み台を蹴飛ばした。

途端、佐野は自分の重みで落下し、梁に掛かっている縄が喉元に引っ掛かった。だが、次の瞬間、縄はズルリとずれて、佐野の体と一緒に床に落ちた。

「あっ――?!」

思わず、壮吉は飛び退いた。

どうやら、首吊り縄は初めから結ばれておらず、梁に繋いでいるように見せかけていたようだった。にも拘わらず、佐野は微動だにせずに、じっと何刻も耐えていたのだ。

壮吉はとっさに逃げ出そうとしたが、その足に猪兵衛が体を預けて引っかけた。転倒した壮吉は暗がりの中で、したたか頭を打ったが、必死に立ちあがると、その後ろ襟を摑まれた。

「ひ、ひいっ――！」

逃げようとしたが、仰向けに倒された。見ると、なぜか佐野は縄から抜け出しており、手には刀を持っている。

「壮吉ッ。おまえは、とんでもない悪党だな。猪兵衛、おまえもだ」

「ち、違いますよ……俺はずっと旦那と猪兵衛の命令に従ってきたじゃないですか」

「言い訳はよい。ふたりとも始末してやる。そして、俺をこんな目に遭わせた奴を、ぶった斬ってやる！」

怒声を浴びせて、佐野が刀を振り上げたときである。

ギシギシッと雨戸が軋むような音がして、一方の壁がバタンと外側に倒れた。途端、眩しい陽光が射し込んできて、室内が一瞬にして明るくなった。同時に、ざわめきも飛び込んできた。

佐野は眩惑して後退りし、壮吉は手をかざして目を細め、猪兵衛も思わず目を閉じた。

——な、なんだ……？

三人三様に頭の中が混乱したとき、すぐ目の前は両国橋西詰めの広場だと分かった。自分たちは舞台のように一段高い座敷におり、周りには大勢の人々が集まって、何事かと見物するように見上げている。

どうやら自分たちは、俄作りの見世物小屋にいることが分かった。

両国橋西詰めには、屋台や茶店、芝居小屋などが並んでいるが、いずれも葦簀張りの簡易な造りで、夜は片付けることになっている。一番先に事情を察した壮吉は、

「ハメられたな……ここは、ただの見世物小屋だ……ちくしょう。誰だ、こんな手の込んだことをしやがったのは！」

と怒鳴りながら、その場から逃げようとした。が、その前にズイと出てきたのは、岡っ引の半次だった。

「ちょいと事情を聞かせて貰おうか」

「な、なんだ……聞きたいのはこっちでえ」

「そこにいるのは、『南海屋』の番頭だ。先日、抜け荷の一件で処刑された廻船問屋のな。そいつを縛りつけて、どうするつもりだ」

「俺だって縛られてたんだ」

「出鱈目（でたらめ）を言うと痛い目に遭うぜ。てめえの店の手代、松之助を殺したのもおまえ

か」

「俺じゃねえよ。それは、あいつだ」

思わず佐野を指した。半次はニタリと笑って、

「そうかい。だったら、お奉行所で証言して貰おうかねえ。貞吉も『俺は何もしてねえ』って叫びながら処刑されたからな。その無念、シッカリとてめえの体で償いな」

「知るけえッ」

突き飛ばして逃げようとしたが、屈強な半次にかかれば赤子の手を捻るようなものだった。壮吉はその場に組み伏され、すぐに縄をかけられた。

狼狽しているのは、佐野と猪兵衛も同じだった。猪兵衛はすっかり萎縮して横たわったままだったが、佐野は衆目を浴びながらも、ブンと刀を振って、

「これは何の真似だ。かようなことを仕掛けた奴は出て来い。成敗してやる。俺は、老中・堀田豊後守の家臣、佐野徳兵衛だ」

と居直って怒鳴った。

すると、野次馬の間を抜けて来たのは、加納だった。

「ご老中の家臣とは……いつぞや、『越中屋』の近くで、女を斬ろうとしましたね。その『越中屋』の手代を殺したと、そこな壮吉が今し方、言いましたが、事情を聞かせて貰えますでしょうか」

「黙れ。町方ふぜいが、しゃしゃり出て来るでない」

「いえ、ここは町場ですので。それに、おかねという女も、読売屋『夢楽堂』の主人に説き伏せられて、町奉行所に出向いてきました……あなたに命じられたとね。その代わり、深川で居酒屋の店を出せるほどの金も与えてやった」

「……」

「あなたと理無い仲だったことも、正直に話しましたよ」

加納が佐野に近づいていくと、野次馬の中から、染之助が出てきて、

「あなた方の話は、ずっと外に聞こえてましたよ。壮吉も猪兵衛も、ぜんぶ話したじゃないですか。ご老中様まで絡んでいるとは、読売の面白いネタになりそうです」

「その前に、北町奉行の遠山様に話をして戴きましょうか」

と加納が言うと、佐野は声を荒らげて刀をブンと振った。

「おのれッ。なんだ、この茶番は。誰が仕組んだのだ」

「分かりません。俺もこの読売屋も、抜け荷や〝長寿丸〟に纏わる面白い見世物があるとビラが撒かれていたので、来てみたしだいでしてね……まさか、あなたがいるとは、思ってもみませんでした」

「ふざけやがってッ……どけい、俺は何も関わりない。これ以上、無理無体を押し通すと、町方同心とはいえ斬り捨てるぞ」

「そうですか。できるものなら、やってごらんなさい」

加納は腑抜けた顔ながら、何処からでも掛かってこいとばかりに前に踏み出た。気が短いのか、佐野は野次馬がいるにも構わず斬りかかった。次の瞬間、加納は相手の懐の中に入り、袖を摑んで刀を包み込むようにして、柔術で投げ倒した。

「うわっ……いてて……おのれ……」

背中をしたたか地面で打って喘ぐ姿を、町人たちに覗き込まれて、佐野は苦々しく顔を歪めたが、声を出すことはできなかった。

数日後の夕暮れ——。

浅草の水茶屋『おたふく』は相変わらず、大勢の客で賑わっていた。話題はもっぱら、老中の家臣が廻船問屋と薬種問屋と結託して、阿漕にも阿片を混ぜた薬を作り、ボロ儲けをしていたことだった。

客の中に、染之助がいた。目当ては、桜だったが、常連などへの挨拶のため、幾つもの座席を廻っているので、なかなか姿を見せてくれない。

別の娘を相手に杯を重ねていたが、ようやく来た頃には、心地よく酔っていた。

「お待たせしました。『夢楽堂』さん」

「待ちくたびれて、すっかり、ひっく、目が廻ってるじゃないか。あ、もしかして、酒を沢山飲ませるために、待たせる作戦かい」

「ごめんなさいね。先日は、ありがとうございました。亡くなった息子さんは帰ってこないけれど、無実だったと分かって、おせいさんも気持ちには区切りがついたようです。『夢楽堂』さんのお陰です。では、改めて……」

酌をして、そして返杯を受けて、再会を祝した。染之助は虚ろな目で、

「――ところで、ひっく……その貞吉とやらに関わる事件が一気に片付いた……誰かが、大芝居を仕組んだようなのだが、もしかして、おまえさん、何か知ってるんじゃないかい」

「私が？　どうしてです」

「なに、二代目・喜多川歌麿といや……」

「なんです？」

「いや……なんでもねえ。酒が不味くなる。今日は祝い酒だから、とことん飲もう」

「何かあるんですか。気になりますよ」

「いや、いいんだ。さあ、注いでくれ」

桜がそれに応えていると、新八に案内されて、加納が入ってきた。染之助を見て、アッと立ち止まった。

「なんで、おまえが来てるんだ、『夢楽堂』……」

「別にいいじゃありやせんか」

「ま、捕り物を読売に書いてくれたお陰で、俺もお株が上がったが、結局、ご老中の所には手が届かない。佐野が勝手にやっていたことで、切腹でしまいだ」

「そんなものでしょう……本当に悪い奴は表に出て来ないんだよ」

ふたりは投げやりな言い方で、不満を吐き出した。

「何のお話ですか、加納さん」

「なんでもない。今日はお奉行から金一封出たので、梅さんに会いたくてね」

「あら、生憎ですが、今日はちょっと休んでるんですよ」

「え、どうして」

「まあ、女には色々とありますから……代わりにもっと可愛い娘を……」

「いいよ。じゃ、帰る」

加納は子供じみた顔になって、本当に店から出ていってしまった。その態度を、染之助も小馬鹿にしたように笑って、

「分かりやすい奴だな。あれじゃ、同心として出世できないな」

と言ってから、桜を相手にさらに酒を飲むのだった。

宵が更けていくと、蒼い月が浮かんでいるのが、格子窓越しの空に見えた。三姉妹が仕掛けたことを、何もかも承知しているような妖しげな光だった。

第二話　遺恨の弓

一

日焼けした男が小舟の艪を漕いで、仙台堀川を東に向かって進めている。かなりの速さである。

その小舟を追って、川沿いの道を走っている女がいた――梅である。行き交う出商いや人足らの間を縫うように、半町ほど先の小舟から目を離さないで追っていた。

「……今日こそ、手掛かりを摑んでやる」

唇を嚙みしめて、梅は呟いた。

うっすら汗をかいているのが、妙に艶めかしい。特に化粧をしておらず、地味な着物姿だが、急ぎ足の美しい梅を、擦れ違う男たちが何事かと振り返っている。

行く手の路肩に、高積みされた荷物があった。規定の二間よりも遥かに高いので、町奉行所の高積改の与力や同心に見つかれば、罰金を取られるであろう。万が一、荷物が崩れて通行人が死んだり大怪我をすると、死罪にだってなる。

その荷物の隙間に、すっくと立ちあがる野袴姿の侍が見えた。背中しか見えないが、かなり屈強な男で、腰には矢を差した矢籠、右手には小振りの弓胎弓を下げている。まるで鷹狩りにでも出向いてきたかのような場違いな姿だが、荷物の陰になっているせいか、誰も気に留めていなかった。

だが、日焼けした男を追っている梅の目の片隅には、チラリと映った。

侍の前方には、仙台堀川があり、小舟が近づいてくる。川には何十艘も川船が往来しており、お互いぶつからないようにギリギリのところで交錯している。

その様子を眺めながら、野袴の侍はおもむろに矢を抜き出すと、弓につがえてキリリと引き絞った。

狙いは、日焼けした男のようだった。むろん、梅の所からは見えにくい。

ググッと満月のように引き絞られた弓が、次の瞬間、鋭い矢羽根の音を立てて、矢が弦から離れた。その音も川船の艪の音に消された。次の瞬間――空を切る音と同時に、艪を漕いでいた船上の日焼けした男の胸を、グサリと突き抜いた。

「！……」

悲鳴を上げる間もなく、日焼けした男は両手を艪から放すと、虚空を摑みながら、ドボンと川面に転落した。

近くにいた荷船の船頭や人足たちは驚くと同時に、矢が突き立った男の血が真っ赤に川を染めるのを見て、思わず船縁に身を屈めた。続けて矢が飛来するかもしれないからだ。

川沿いの道を行き交う人々も異変に気づいて、悲鳴を上げながら物陰や路地に隠れた。一斉に騒ぎ始めると、事態が分からないまま慌てて逃げ出す者もいる。その右往左往する混乱の中を、梅は掻き分けるように進み、川縁まで来た。

水面で反転した日焼けした男は、目を剝いて絶命している。

「しまった……」

梅は矢が飛来したであろう方向を考え、今さっき高積み荷の隙間から見えた鷹狩り風の侍のことが気になった。

ハッと振り返ったが、すでに姿はない。だが、そこから放ったとしたら、二十間ほどの距離もある所から射たことになる。心の臓に命中させるのは、針の穴を通すようなものだ。かなりの腕の持ち主であろう。

とっさに梅は、高積み荷のある方に向かった。

折れ曲がった角を一気に駆け抜けようとしたとき、横合いから出てきた荷車とぶつかりそうになった。竿竹売りのようで、束ねた青竹が何十本も束ねられている。

「あッ――」

激突したかに見えた寸前、梅は荷車の上をひらりと飛び越え、反対側に着地した。

竿竹売りの荷車は中年の夫婦者が曳いていたが、ふたりとも梅の俊敏な動きに吃驚して、口をあんぐり開けていた。

「これは、どうも申し訳ありません。お怪我はないですか」

しっかり者の女房の方が心配そうに声をかけた。少し気弱そうな面差しの亭主も驚いて立ち尽くしている。いや、梅の美貌に驚いているようだった。

「本当に済みません……荷車が人様に怪我をさせたら牢屋敷送りですから……足は大丈夫ですか」

女房は素直に謝った。もう年増とはいえ、若い頃は美しかった顔だちである。

「いきなり飛び出したこっちも悪いんです」

梅は着物の裾を払いながら、

「それより、今、弓矢を持った侍を見かけませんでしたか。浅黄色の野袴だったような気がするのですが」

「弓矢……？」

「ええ。今、そこの川で船頭らしき人が胸を射られたのです」

「え……ええッ……」

女房は恐ろしそうな顔になって、見なかったと答えたが、この辺りの商家は知っている所も多いので訊いてみると言ってくれた。亭主の方も目を丸くしたまま、

「すぐそこに自身番があるから、届けた方がいい」

と助言した。

梅は軽く会釈をすると、自身番の軒提灯が下がっている四つ辻の番小屋に向かった。軽やかに駆けていく梅の姿を、夫婦者は見送っていたが、不安げに顔を見合わせると、荷車を曳いて立ち去るのだった。

浅草雷門は暮れ六つになると閉められる。

それに合わせるように、水茶屋も明け六つから暮れ六つまでと御触書で決まっている。

だが、今は運上金を払えば、暗くなっても灯火が許されている。もっとも寺社地の門限は暮れ六つであるから、浅草寺敷地内である仁王門、随身門と同様に、奥山や本堂脇の茶見世、楊枝見世、土弓、大道芸の豆蔵や講釈師などは時間外は見世を畳んで出ていかなければならない。

二十軒茶屋や仲見世の土産店などは、山門外であるから、暮れてから営んでいる所もあった。が、概ね御触書に従っていた。

とはいえ、二十軒茶屋は吉原への通り道である。ここで待ち合わせて景気を付けてから、〝北楼〟と呼ばれた吉原へ繰り出す旦那衆が多かった。その客目当ての水茶屋も多く、逆に茶汲み女目当ての男衆もいた。

文化文政の頃になると、懸行灯に「御休所」と掲げる水茶屋も増えて、〝正札のない売笑〟と呼ばれる女もいた。いわば岡場所とか〝ちょんの間〟の類である。しかも、口説き落として〝月囲い〟にする旦那衆も多かった。

水茶屋が「一服一銭」というのは寛政の時代より前のことであり、安くとも五十文や百文は当たり前で、一朱か二朱支払うのが相場だった。中には、月五両から十両で、一年分や二年分の〝囲い賃〟を払う大店の金持ちもいた。むしろ、吉原の遊女よりも高くついたのである。

それでも、遊女よりも茶汲み女の方が楽しいのは、美貌もあるが話術にも長けていたからであろう。あるいは吉原遊びに飽きた〝通人〟が気楽に立ち寄れることが、水茶屋の繁盛に繋がったのだ。

とはいえ、水茶屋の同業者からは、客に転ぶ女は見下されていた。自分たちは売笑婦ではないという自負があったからだ。『おたふく』の娘たちは、浮世絵に出るような絶世の美女揃いだとの評判ゆえ、

——嫁探し。

として訪れる若い衆も多かった。

かつては水茶屋で見合いが行われたこともあったくらいだ。何度も会って気の合う女を探す男もいれば、茶屋娘の方も生涯の伴侶が見つかるかもしれないから、お互い様であった。

今日も、『おたふく』は満員御礼で、女将(おかみ)の桜(さくら)はホクホク顔だった。

「たまには、これくらい儲(もう)からないとねえ」

口の中で呟いたとき、背後からふざけたように目隠しをする商家の旦那風の男がきた。まだ三十そこそこだが、薩摩(さつま)の紺絣上布(こんがすりじょうふ)という上等な羽織と着物に身を包んでいる。

「この手は……『桔梗屋(ききょうや)』の吉右衛門(きちえもん)さんですね」

すぐに桜が答えると、旦那風は手を放して顔を見せながら、

「さすがは愛しい桜様。俺の掌(てのひら)が分かるのだねえ」

「だって、こんな優しい手触りの人はおりませんことよ。さすがは呉服を扱っているだけのことはありますね。指先まで繊細です」

「そう感じるか。できることなら、絹のような桜様の肌もじくりと撫(な)でたいものだ」

「ええ、いつでもお願い致しますわ」

「おい。本気にしてしまうじゃないか。火傷(やけど)をしても知らぬぞ」

「熱いのは苦手ですが、心の中はいつも熱い私です。うふふ」

わざとらしくシナを作るが、これも冗談と相手は分かっているようだ。

「では頼みたいが、向こう一年、〝月囲い〟はどうかな」

「いやです。私は、一生囲われたいです……でも、吉右衛門さんにはお内儀様も可愛らしい娘さんもおりますから、ああ、残念」

「心にもないことを……」

ふざけたように桜の頰を突っついて、吉右衛門は、新八に案内されて、馴染みの娘が待つ奥座敷に向かうのだった。

そんな様子を見ていた梅が、さりげなく近づいてきた。昼間と違って、派手な衣装で艶やかな化粧を施している。

「――どうも好きになれないんだよね、あの『桔梗屋』さん」

「客を選り好みしちゃいけないわ」

「本当は姉ちゃんにご執心で、よく通ってくるけれど、気をつけておいた方がいい」

「そう？　育ちのいい若旦那って感じだけれどね」

「でも、私が今、調べていることでチラチラ名前が出てくるから、用心してて」

「どういうこと」

桜は帳場裏にある控えの間に、梅の手を引いて入った。

「此度のことと、何か関わりがあるの？」

「さっき話したでしょ。弓の名人のこと……積み荷の陰から小舟の上まで二十間あまり。立ってみたら分かるけれど、弓で射るにはかなり遠いわよ」

梅は弓を射る仕草をして見せた。

「しかも、あの大勢の人が往来している中をだよ。とても人間業とは思えないくらい……殺されたのは、勘三という遊び人だけど、調べている廻船問屋の『成駒屋』にはよく出入りしてる」

「もしかして、私たちが探っていることに気づいたのかしら」

「前の『南海屋』の一件もあるからねえ……先手廻しに消したのかもしれない」

「ということは……弓の名手とやらは、殺しを生業にしている奴かもしれないわね」

桜が溜息交じりに言ったとき、ひょっこりと末っ子の竹が顔を出した。

「もしかしてさ、梅姉ちゃん……昼間、話してた竿竹売りが何か知っているんじゃない？　だって、みんなが騒いでいるのに、なんだか動きが冷静」

「──あんた、聞いていたの？」

「聞こえたの……梅姉ちゃんともあろう人が、その竿竹売り夫婦を怪しいと思わないのが、間違いの元じゃない」

「間違いの元って、何も失敗してないわよ」

「ううん。梅姉ちゃんが尾(つ)けてたのを知ってて、勘三は殺された。しかも、わざわざ目の前で……つまり私たちへの牽制(けんせい)かもね」

明解に話す竹に、桜は感心して、

「あんた、冴えてるわねえ。どうして、そんなことに気づいたの？」

「だって、私は竹だから……なんちゃってね」

竹はふざけて笑ったが、梅も実は少し気になっていた。大八車はわざと突っ込んできたようにも感じられたからである。だが、目の前で人が矢で射られたのだから、そっちを助けようとするのが当然だった。

「その竿竹屋が殺し屋だとすると……心して捜さないとね」

桜は、ふたりの妹に険しい目で頷(うなず)くのだった。

二

三日ほどして、剛弓の使い手を捜していた梅は、牛込見附(うしごめみつけ)近くにある『日置流(へき)』の弓道場を訪れていた。

泰平の世にあっても、大名や旗本は武芸十八般のひとつとして弓術を鍛錬していた。儀式的な意味合いもあったが、『日置流』は実践的な弓術なので、幕臣も大勢、鍛錬をしていた。日置弾正政次がその祖である。

　この道場主は、流祖の直系に当たる日置政秀が務めていた。大弓を扱うだけあって、六尺を超える屈強な武芸者で、澱みのない眼光は鋭かった。

「——仙台堀川の一件は、それがしも北町の同心からも聞いておるが、見事な一撃であったらしい。かなり離れた所から、心の臓を見事に仕留めたとか」

「北町の同心……もしかして、加納福之介さんでしょうか。福ちゃん人形みたいな、こんな顔をした」

　梅がプッと頰を膨らまして、掌を添えて見せると、日置は苦笑して、

「ああ、さような顔をしておった」

「——あいつも……何か調べてるんだ……検屍に立ち合ったのかな……」

　小首を傾げて呟く梅に、日置は訊き返した。

「は？　聞こえませなんだが」

「いえ、なんでもありません……もしかして、日置流の弓術を嗜む人がやったのかもと思いましたが、道場を見ていると、弓が大きくて凄いですよね。私が見たのは、この半分くらいでした」

「見たのですか」

「丁度、あの辺りを通っていたもので。でも、ほんの一瞬、高積みの荷物の隙間から

見えただけで、矢を射った人の顔などはまったく分かりませんでした」

日置は少し不愉快な顔になって、

「帝の御所や江戸城中でも模範演技を行う天下の日置流……町中で人を殺すような非道な者はおらぬ」

「でも、見た目の美しさや気品を重んじる他の流派と比べて、日置流は武士らしい簡素な動きですよね。しかも、実践的に的中させることや、矢の貫通力も重んじている。まさに、敵を一撃で倒す武術でしょ」

「――女だてらに詳しいな。一体、そこもとは何者なのだ」

「女だてらにって言い草は、あまりよろしくありませんことよ。女だからこそ、悪い男に酷い目に遭わされないように、武術も習っているのでございます。失礼致します」

梅は一礼して立ちあがると、帯紐を解いて袖を襷がけにしてから、壁に掛けられている大弓をひとつ摑み、射場に立つと矢をつがえた。その所作は、いわゆる打起しという、弓矢を頭の高さに上げて体の正面で構えるものではなく、弓を左前方に構えるものだった。これは、日置流の〝斜面打起し〟という作法である。

射場から矢道を挟んで向かいにある的を狙って、梅はためらいもなく射た。矢はブンと音を立てて、的の中心から少し外れた所に深く突き立った。じっくりとした所作ではなく、ぞんざいとも見えるくらい俊敏な動きだったので、日置は驚いて言葉を失っていた。

　少し間合いがあって、「お見事」と日置は声をかけたが、梅は表情ひとつ変えずに、弓を元の場所に戻して座った。

「何処で修業したのだ。女だてらに……」

「女だてらは余計です。お父っつぁんは、しがない浮世絵師でしたが、娘たちに自分の身は自分で守れるようにと武芸を少々。お陰で、茶道とか華道、謡や仕舞などの芸事はあまりしませんでした」

「――いや、お見事だ。なかなか筋がよい。よければ、うちでさらに腕を磨いては如何かな。あ、筋が良いと言えば……」

　日置は何かを思いだしたようで、手を叩いて、

「ひょっとしたら、あの男やもしれぬ」

　と言いながら、裏庭の方へ向かった。何かを探しているようだ。

「あの男というのは……」

「もう三年くらい前になるであろうか。入門してから、すぐに腕が上がった者がおる。棒術や剣術も修業していたとかで飲み込みが早く、わずか半年ほどで御前試合に出られるくらいの技を身につけた。だが、突然、来なくなったのだ。何の挨拶もなくな」

「挨拶もなく……」

「うむ。稽古は熱心だったが、奴には怨念を抱いているような殺意が漲っていた。まさしく人を射るためにやっているような。それは一歩間違えば邪心となる。そのことを教え諭した途端、ぷっつりとな」

「何処の誰なのです」

「これだよ」

日置は竿竹を一本持ってきて、

「昔はどこぞの藩士だったらしいが、浪人暮らしになってからは、竿竹売りだと言っていた。だから、稽古代もほとんどはこれで支払うとな……妙な奴だったが、奴なら二十間、いや三十間でも仕留めるかもな」

と言った顔は褒めるというよりは、畏れているようにさえ見えた。

竿竹を手にした梅は、仙台堀川でぶつかりそうになった夫婦者の顔を思い浮かべた。亭主の方は気弱そうだったが、梅は覚えている風貌を伝えた。

「その男かどうかは分からぬが、たしかに風采は上がらぬ感じの男だった。だが見かけとは違って、剣術や棒術もなかなかでな、その竿竹をまるで九尺の槍のように扱っておった」

「九尺の槍……で、その門弟の名は……」

「松下清兵衛と称しておったが、本当かどうかは分からぬ。何処に住んでいるかもな」

「いいお話を聞きました。また私も稽古をしたくなりました。そのときは宜しく」

梅は跳ねるように道場から立ち去ると、夫婦の竿竹売りを捜そうとした。一歩、近づいた気がした。

剛弓ならば、七尺以上の長さがある。めったな所に隠せるわけがない。もしかしたら、大八車の竿竹の下にでも隠していたのかもしれない。確信があるわけではないが、あの夫婦が関わっているとしたら、腑に落ちる。

日置の門弟になっていた男が、竿竹売りの亭主だとしたら、あの距離でも勘三を仕留めることくらい容易いであろう。

嫌な予感がして鼓動が速くなった梅は、とにかく急いで、竿竹夫婦を捜そうとした。竿竹売りを生業にしている者なら、梅も知っている。そこから当たろうと、浅草に帰ろうとした途中、不忍池の池之端を通りかかった所で、ある料理屋の前に人だかりができているのが見えた。

岡っ引や下っ引が数人来ており、往来する人たちに「立ち止まるな」と命じている。何事かと近づくと、二階の座敷の手摺りの所に加納が立っているのが見えた。

「おや、福ちゃん……」

梅は立ち止まって、何があったのか岡っ引に訊いたが、顰めっ面をして十手で追っ払うだけであった。

するとと、顔見知りの小肥りの女が手招きをしている。上野の水茶屋『おかめ』の女将である。噂話が好きそうな態度で、向こうからも梅の方に近づいてきて、

「とんでもないことだよ……この料理屋の中で人殺しさね」

「ひ……人殺し……？」

「ああ。うちの店に何度か来てくれた剣術の町道場の道場主……小野派一刀流『錬武館』の細川誠之介って人だよ」

「道場主が殺されたのですか。だって剣術の達人でしょ」

「そうだけど、いきなり矢で胸を射られたら、たまらないよねえ」

「弓……⁉」

梅が素っ頓狂な声を上げると、お亀は訳知り顔で、

「ほら、今、二階に町方同心が立ってるだろう。丁度、あんなふうに窓辺から不忍池を眺めた途端、何処かから矢が飛んできて……グサリッだったんだって」

「！……」

「一緒にいたのが、うちの店の茶汲み娘でさあ、ここで料理を食べてから、『おかめ』に来ることになってたんだよ。だから、私も身許を確かめられたり、色々と話を根掘り葉掘り聞かれてさあ、いい迷惑だよ」

「いい迷惑って……お客様でしょ」

「でも、ほら、私らの商売、色々とあるじゃないさあ……なんか、こういう事件は勘弁願いたいんだよね」

自分勝手なことを言ってから、お亀は首を傾げて、

「でも、どっから弓矢で狙ったんだろうねえ……あっちは池だし、まさかあの弁天堂から狙えるわけもないしね」

と言った。

梅が振り返ると、不忍池に浮かぶ島があり、朱色の御堂が見える。

寛永寺が建立されたとき、天海僧正が琵琶湖の竹生島に見立てて築かれたと伝えられている。舟でしか往き来できない島である。竹生島には孟宗竹が茂った竹林があるが、弁天島にはない。

「ふうん……まさか、あそこから……」

梅は葦原の向こうに見える弁天島を眺めていた。

三

その夜、なぜか加納が客として『おたふく』にやってきた。三十俵二人扶持の町方

同心が、頻繁に通える店ではない。

だが、加納は刀を帳場に預けると、梅を〝名指し〟して二階の座敷の片隅に陣取った。素っ気ない態度の梅だが、愛想をふりまかない所に色香があるとの評判であった。

「これは珍しいこと。わざわざ浅草くんだりまでお出向き下さり、ありがとうございます。ささ、まずはお酒を……」

「いや、酒はいい」

「おや、うちに来て召し上がらない。もっとも娘たちと話すだけで、飲み食いしないお客様もたまにいらっしゃいますがね」

「元々、下戸なのだよ。だから、ドンチャン騒ぎもあまり好きではない」

「では、ふたりでシッポリと……私は少しばかり戴(いただ)きますよ」

手酌で飲もうとする梅から銚子を取った加納は、杯に注いだ。

「上野に来ていたのでな、ついでに立ち寄ったのだが……」

「あら、ついでですか」

「ここに来る前に『おかめ』も訪ねてきたのだ。梅さんが、女将のお亀と立ち話をしていたのも見えていたぞ」

梅は料理屋の二階にいた加納の姿を思い出し、『おかめ』の客である道場主とやらのことを尋ねに行ったのであろうことは容易に想像ができた。加納は神妙な顔で、

「ところで、梅さん……おまえは何を調べてるのだい」

「え……？」

「遊び人の勘三が矢で殺された所と、『錬武館道場』の細川誠之介が射られた料理屋の近くにいた。何か調べていたのであろう」

「ああ……自身番の人から聞いたのですね。たまさかのことです」

「……」

「本当ですって。町中で矢で殺されるなんて、物騒過ぎて恐いです」

梅は酒を飲んで、さらに手酌でやりながら、

「細川って人を射たのは、何処からか分かったのですか」

「それが分からない。目の前は不忍池が広がっており、身を隠す所などない。葦原の中に入って射るのには無理があるし、池之端の道から射るとなれば、人通りが多いから目につかぬはずがない」

「……」

「しかも、あの店に行くことを知っていないと、狙うこともできまい。二階のあの場所に立つかどうかも分からないだろうしな」

加納は不可解だとばかりに首を傾げた。だが、梅は当たり前のように、

「そうですかね……あの料理屋は私も何度かお邪魔しましたが、不忍池が見えるのが

売りですから、必ず一度は手摺りの所に立ちたくなりますよ。その瞬間を狙って……」

「狙って……?」

「弁天島から射たのだと思いますよ」

梅の言葉に、加納は苦笑して、

「それは到底、無理ってもんだ。弁天島から料理屋まで百間近くある。人なんて豆粒にしか見えないだろうし、そもそも矢が飛ぶわけがない」

「いいえ。加納様は仮にもお武家様のくせに、弓のことも知らないのですね」

「仮にもとはなんだよ。正真正銘の武士だ」

ぶんむくれると、ますます福ちゃん人形のようになる。梅は冷静な顔のまま、

「大弓だと、飛ばすだけならば二百間くらいなら軽く届きますよ。百間程度先の的ならば、薄い鉄板を打ち抜くくらいの威力はありますからね」

「ほ、本当か……!」

「弓の稽古をしたことがないのですか」

「届いたとしても、人を……しかも胸を確実に狙うことなんぞできまい」

「現に殺されたではないですか。射るとしたら、弁天島からしかありません。そして、そこには事件の前に、竿竹売りが舟で渡っていますし、道場主が射抜かれた後、島か

ら帰っておりますよ」

梅の話を聞いて、加納は首を傾げた。

「松下清兵衛を名乗ってる浪人で、夫婦して竿竹売りをしている人を捜してみて下さい。少なくとも何か知っていると思いますよ」

「何のことだ……」

「えっ。どういうことだ……」

「そんな訊き返してばかりじゃなくて、自分で考えて、自分で探索して下さいな。日置流の弓道場も今一度、お訪ねになったら、如何でしょう」

「なに……おまえは何を調べてるのだ」

「――それは内緒……少なくとも人殺しについてじゃありませんよ。それは旦那方のお仕事でしょ……お酒が駄目なら、折角、来たのだから、お茶くらい飲んでいって下さいな」

梅が珍しく微笑むのを、加納は訝しむ目になって見つめ返していた。

加納が竿竹問屋を幾つか当たったお陰で、翌日すぐに、浪人夫婦者の竿竹売りが誰か分かった。意外にも長屋ではなく、神田須田町の路地裏ではあるが、しもた屋風の屋敷に住んでいた。

表には、『挿絵、襖絵、似顔絵なんでもござれ』という木札がぶら下がっている。

「？……なんだ、こりゃ」

首を傾げた加納が「ごめん」と声をかけて土間に入ると、上がり框の板間で、女房らしき女が砥石で何かを研いでいた。

町方同心の姿を見て、ほんの一瞬、驚いた様子だったが、すぐに愛想笑いで、

「八丁堀の旦那ですか……何か御用でしょうか」

「用がなきゃ来ないよ。おまえは、多江というそうだな。そして、亭主は松下清兵衛……間違いないか」

「あ、はい……」

「俺は北町奉行所、定町廻り同心の加納福之介という者だ。訊きたいことがある」

と言いながら、加納は多江が手にしている砥石をチラリと見た。

「なんでございましょう……」

多江はさりげなく研いでいたものを、傍らの籠の中に隠して、少し乱れた髪を整えて、正座をして加納に向き直った。

「先日、仙台堀川は伊勢崎町辺りに商いに出向いてたそうだが、間違いないな」

「ええ。あちこち廻らないと、食べるのだってカツカツなので」

「表に、挿絵だの襖絵とか出していたが、絵師でもやってるのかい」

「はい。絵師ってほどではありませんが、夫が少しばかり」

自信なげに俯いて多江が答えると、加納はいきなり訊いた。

「昨日は池之端の方に行ってたよな」

「いえ……」

「弁天堂のある島に、舟で渡らせた者がおるのだがな」

「ああ、弁天堂なら拝みに行くことがあります。売る竿竹をお祓いも兼ねて……」

「船頭の話では亭主も一緒だったらしいが」

「ええ、そうです」

「亭主の清兵衛は弓の名人らしいな」

「！……」

「なに、日置流道場の道場主から聞いてきたのだ。しかも、昨日は池之端の料理屋で、剣術道場の師範が殺された。胸を矢で射抜かれた。心臓の直撃ではないが、鳩尾に命中してな、どのみち即死だった」

加納は自分の胸にグサッと矢が立つような仕草をして、

「弁天島から狙って射るってのは、かなりの腕前だ。神懸かりの技だと、日置さんも話してた。俺も弁天島に行ってみたが、たしかに料理屋は丸見えだが、遠すぎて矢で狙うことなんかできそうにない。届きそうにないし、窓を通すこともできないだろう」

「——あの、加納様……何の話をしてらっしゃるのでしょう」

「だが、松下殿ならできるかもしれないな。日置さんが上様の御前試合に出るよう勧めたほどの腕前なのに辞退したどころか、ふいに道場を辞めたそうだな」

「私はその辺の事情は存じ上げません」

「仲の良い夫婦なのに……」

「夫の武芸のことには口を挟むことなど、できようがありません」

多江の表情と口調は、重く苦しそうになってきた。

「口は挟まないが、竿竹には挟むのかな」

「は……？」

「弓矢を隠すには丁度よい……今、その箱に戻したのも研いだ鏃であろう」

「何をおっしゃいます。私には何の話かさっぱり……」

「惚けるのも大概にしたらどうだ。夫婦で人殺しをしているのか？」

加納は核心に触れたが、多江はあくまでも知らないと言い、薄笑いすら浮かべて、

「町方の旦那が何を証拠にそんな……たしかに夫はある藩の家臣でしたが、財政難になって浪人暮らしを強いられました。私は妻として共について来たまでです。食べるのにも窮してますから、なんとか竿竹売りをしてしのいでいるのに、人殺し呼ばわり

なんて……あんまりです」

「だが、あんたら夫婦の行く先々で……」

「行く先々といっても二回だけじゃないですか。偶然です。それに、いくら夫が弓矢の腕前があるといっても、弁天島に立ってみたんでしょ。絶対に無理だと思いませんか」

多江は次第に興奮気味になって、

「もう帰って下さい。こんなこと、夫が聞いたら、それこそ憤慨すると思います」

「そうか。では、今日のところは引き下がるが、改めて松下殿にも話を訊きたい。出直すとするが、逃げるなんてことはゆめゆめ考えてはならぬぞ」


と加納は念を押し、背中を向けると出ていった。


すぐに多江は表戸を閉めて、大きく肩で息をした。奥の部屋から、夫の清兵衛が渋い表情で出てくると、

「――案ずるには及ばぬ……おまえには迷惑はかけぬ」

「おまえ様、そんな言い草はよして下さい。国元を出てから、私はずっと一緒です。生涯、離れません」


多江は忍ぶような声で言うのだった。

四

その翌日の夕暮れ——。

浅草寺本堂の前で、『桔梗屋』の主人・吉右衛門が合掌していた。

その横に、やはり金持ちの商人風が来て、本尊・聖観世音菩薩を拝んだ。吉右衛門の親ぐらいの年だが恰幅がよく、穏やかな顔だちだった。前を向いたまま、

「ご無沙汰しておりますな、吉右衛門さん」

と小声で言った。

吉右衛門も本尊の方を見たまま、

「ようこそ、おいでなさいました……江戸暮らしは如何ですかな」

「まだ不慣れなものでね、今宵はじっくりと話ができれば嬉しい。江戸では公儀御用達商人となって、すっかり風格が出ましたな」

「とんでもありません。博多や堺のお大尽、『成駒屋』三郎衛門様には、到底及びませぬ。今日は爪の垢を煎じて飲ませて戴きますよ。さあ、参りましょう」

振り返ると、階段の下に中年侍が立っている。市松模様の着流しで一本差しである。

その鋭い目つきの顔を見て、

「これは岩橋恭之進様ではございませぬか。あなた様も江戸にいらしてましたか」

と懐かしそうに近づいた。岩橋と呼ばれた浪人風はニンマリと笑って、

「見てのとおり、今は『成駒屋』の用心棒だ。人間、堕ちるところまでいくと、見栄も誇りもあったものではないな」

「そんなことはありません。五年前とまったく変わっておりませんよ。何より、あなたは私の命の恩人です。改めて御礼を致しますよ。はは、今宵は楽しくなりそうですな」

吉右衛門は、岩橋と三郎衛門に丁寧に頭を下げると、馴染みの料理屋や水茶屋に案内をすると言って、五重塔を眺めながら、芝居小屋などが並ぶ奥山の方へ案内した。江戸前の天麩羅や鮨を楽しんでから、宵闇が落ち着いた頃、吉右衛門はふたりを『おたふく』に案内した。

美人三姉妹が営んでいる、江戸で一番人気の水茶屋である。しかも二代目・喜多川歌麿の実の娘たちだとのことで、案内された岩橋と三郎衛門も、桜、梅、竹の三姉妹を目の当たりにして、

——まさに浮世絵から出てきたようだ。

と喜んでいた。が、岩橋と三郎衛門は心底、楽しんでいる様子ではなかった。どこか上の空であり、疲れているようにも見えた。

吉右衛門が、長女の桜がお気に入りで足繁く通っていることを、他のふたりに伝えると、岩橋は次女の梅、そして三郎衛門は孫のような竹をはべらせて、夜更けまでたわいもない話をしながら飲んだ。

頃合いを見計らって、吉右衛門は三人娘を下がらせて、改めて真剣な顔に戻った。

しばらく三人は、溜息交じりに「どうしたものか」と呟いていた。

「――先程の料理屋でも話しましたが……どう思います、三郎衛門さん」

「うむ……」

「これはただの偶然ではありますまい」

「……」

「しかも、ふたりとも同じ矢で射止められました……誰がかようなことをしたのか、見当もつきませんが」

心配そうに言う吉右衛門に、岩橋の方が苛ついた口調で、

「勿体つけずに、ハッキリ申したらどうだ、吉右衛門……細川と勘三を殺した奴は、俺たちも殺すつもりであろうと」

と言った。

三郎衛門は俄に不安な顔になったが、吉右衛門は余裕の笑みで、

「こちらにはお殿様がついております。私からお伝えして、調べて貰うよう頼んでお

きます。こんなことで、五年前のあのことがバレて、一番困るのはお殿様ですからな」

「ま、それはおぬしに任せるとして、俺は俺で殺した奴を捜し出して始末する」

岩橋が心当たりでもあるのか、意気込むと、三郎衛門も欲深い顔になって、

「私も色々と苦労して、手筈を整え、江戸まで船荷を運んできたのですからな、無駄にはしたくないのだ。宜しく頼みましたよ、天下の吉右衛門さん」

と煽てるように言った。

その話す様子を——襖ひとつ隔てた廊下から、梅がシッカリと聞いていた。

翌日、吉右衛門が直々に向かったのは、山下門内にある堀田豊後守の屋敷だった。

御用商人だけあって、門番はもとより、家臣たちも丁重に出迎えた。

奥座敷に通された吉右衛門は、『おたふく』で見せていたような穏やかな顔ではなく、切羽詰まった緊張の面持ちだった。

堀田は吉右衛門が現れたことに、何か異変を感じたのか、いつになく苛ついて、

「細川と勘三を殺した奴のことか……」

「ご存じでしたか」

「町方でも大騒ぎだ。特に北町奉行の遠山は躍起になっておる。おまえには言うまで

もないことだが、細川が我が藩の元家臣で、勘三が密偵だったなどとは表沙汰になっては困る」

「はい。重々、承知しております」

「場合によっては、三郎衛門を始末してもよいと思っておる」

「えっ。しかし、それは……」

「奴に下手に動かれて、『南海屋』の二の舞になってしまえば、余の立場も危うい。そうならぬよう、おまえがきちんと見張っておれ。少しでもまずい動きがあれば報せろ」

「はい。心得ました。ところで……」

吉右衛門は控え目な声で、

「岩橋様は、『成駒屋』の用心棒をしておりますが、元はお殿様の家来でしたよね」

「うむ。岩橋恭之進ならば、国元の豊後影山藩にて、郡奉行をしておった。余が老中として江戸に出てきた折、連れて来たのだ。国元で下手を打ったのでな、野に下らせて密偵として使うておった」

「さようでしたか……」

「何か気になることでもあるのか」

「私もハッキリしたことは分かりませんが、細川様と勘三を殺したのが誰か、見当がついている節がありましたので」

「誰だ……」

「分かりません。ですが、もしかしたら……と思う人物を思い浮かべました」

恐縮したように吉右衛門は言い淀（よど）んだ。

「構わぬ。申してみよ」

「あ、はい……松下清兵衛です」

「なんと……！」

「松下清兵衛は、殿の姪御（めいご）様の婿です。しかも、国元であの一件が起こった折、家老の沢島内膳（さわしまないぜん）様を突き上げて切腹に追い込んだ人物でございます」

「うむ。奴は商人の子でありながら、余の家臣の元に養子に入り、武芸に秀でておるゆえ、目もかけてやっていたが……」

「もしかしたら、松下のせいかと愚考しました……なぜなら、三郎衛門と岩橋様、殺された細川様と勘三……そして私は、あの一件に関わっておりましたゆえ。今も……」

「言うな……それも余が調べてみる」

堀田は厳しい顔で制すると、

「おまえは今や公儀御用達商人の看板を掲げておる。公儀御用達の中には、幕閣の密偵として町場の世情を伝える役目もある。だが、それ以上のことを、おまえは担っておる。すべて、豊後影山藩のためだ……よいな」

と諭すように言った。

「もちろんでございます。私はお殿様のためなら、ためらいもなく命を投げ出します。それが、貧しい領民に過ぎぬ私を取り立てて下さった、お殿様への恩義でございますから」

吉右衛門は深々と頭を下げるのであった。

その前庭の植え込みの陰には——やはり梅の姿があった。

「さすが、姉ちゃん……見る目がある……」

口の中で呟いた梅は、音も立てずに翻ると、塀沿いにある松の木を伝い登り、身軽に塀を乗り越えた。

暖簾（のれん）を出す前に、『おたふく』店内に打ち揃った三姉妹は、密かに話をしていた。

「どうやら私たちは、少し勘違いをしていたようね」

梅が口火を切った。

「抜け荷をしていたのは、あの『南海屋』や阿片（あへん）を扱っていた『越中屋』の他にも、何人かいると思ってたけれど、やはり後ろで糸を引いていたのは、老中の堀田豊後守。

しかも、自分の身内で固めていたってこと」

「身内……？」

竹が訊くと、梅は堀田の屋敷で耳にしてきたことを伝えてから、

「お姉ちゃんは、『桔梗屋』が抜け荷の隠れ蓑になっているのではないか……そう睨んで、いつぞや偶然を装って近づき、『おたふく』に誘って虜にした」

「だって、あいつ怪しかったもの」

桜が微笑むと、梅はわざとブルッと震える真似をして、

「そうやって内心をぜんぶ隠して、惚れさせる手練手管はどこで鍛錬したの？　それとも生まれ持った才覚かしら」

「たぶん両方ね」

桜は冗談めかして言って、梅の調べてきていたことと突き合わせて話した。

「つまり、堀田豊後守が自分の領国の元家臣や商人たちを使って、抜け荷を働いている。そして、そのことを良しとしない誰かが、実行者たちを弓矢で殺している……ってことよね」

「そう。殺しているのは、松下清兵衛……その妻が、堀田豊後守の姪っ子というのが、なんだか気になるけれどね」

梅が言うと、竹が閃いたように頷いて、

「もしかしたらさ、松下って人は、藩主の不正を糺そうとしているんじゃなくて、恨みを持っているんじゃない？」

「かもしれないわね」

「だって、そうじゃないと、殺すことまでしないでしょ。私も調べてみる。だって、この前、吉右衛門さんと来た『成駒屋』と岩橋って浪人、なんだか悪そうだったもん」

「いいえ。一番悪いのは吉右衛門……だよね、姉ちゃん」

訳知り顔で梅が見ると、桜は「あまり深入りしない方がいいかもね」と珍しく弱気になった。妹たちを危険に晒すことになるのを案じてのことだった。

そこに——ひらりと格子窓の外から、一枚の紙が舞い込んできた。

竹がすぐに拾って、桜と梅にも見せると、そこには、

『今度こそ、堀田豊後守の不正を暴け。手段は任せる』

とだけ達筆で墨書されていた。

「——桜姉ちゃん……いつも思うんだけど、これってさ、一体、誰なの？」

「分からない。でも、私は天のお父っつぁんからだと思ってる」

桜がそう言うと、根拠はないが、ふたりともなんとなく納得して頷き合った。

そのとき、新八がぶらりと入ってきて、

「女将さん。そろそろ、あっしにも事情を話してくれませんかね」

「えっ……」

「どうしても手助けしたいんです。この前だって、『南海屋』たちを縛ったけれど、まさか見世物小屋で暴露させるとは思ってもみなかった。今度は誰をどうするんです」

食い下がるように言う新八に、桜は今、舞い込んできたばかりの書き付けを見せて、

「お父っつぁんからの文だよ。ほら、筆跡だって、そうでしょ……老中・堀田豊後守。相手にとって不足はないわよね」

「ろ、老中……！」

尻込みする新八に、梅は落ち着いた声で、

「今、一番危ないのは加納の福ちゃんかもしれない。何かあったら助けてあげて」

と言った。

だが、新八にはまだ何のことだか分からず、首を傾げるだけであった。

五

竿竹売りの夫婦が、今日は鉄砲洲（てっぽうず）の方まで、大八車を曳いて出向いていた。

「竿オ、竿竹エ……竿竹はいらんかエ……」

女房の多江の透き通った張りのある声が、路地裏まで聞こえている。

物売りが珍しいわけではないが、子供らが飛び出してきて、竿竹が束になって積み重ねられている大八車の後をついて廻った。古い薬缶や鍋を引き取る〝とっかえべえ〟のように、飴や菓子を配ることもあるからだ。

多江の声に寄ってきた子には、夫の松下清兵衛が小分け袋に入れている飴や菓子を手渡した。喜ぶ子供らを見ながら、

「私たちも子供が欲しかったわね」

「そうだな……」

たわいもない話をする松下と多江は、何処にでもいる真面目な夫婦にしか見えなかった。時折、竿竹を買いに来る客とも、世間話を楽しんでいる。

そんなふたりを——少し距離を置いて、加納が尾けていた。

松下と多江が気づいている様子はない。

この辺りは民家よりも商家が多く、しかも土蔵が多いため、船着場が増える海の近くに来ると俄に殺風景になる。

その先には、廻船問屋『成駒屋』もあり、人の出入りが激しい。他の店や蔵などにも、商人や船荷人足が沢山いるので、

——こんな場所では、誰かを射ることなんざできまい。

と加納は思っていた。が、今までは二回とも衆目の中で殺人が行われている。決して油断してはならぬと思っていた。

眩しいくらいの陽光に燦めく海の上、遥か遠くには五百石船が何隻か見え、無数の艀が陸との間を往復している。かような平穏な人の営みが行われている所で、二度と殺しをさせてはならぬと、加納は前方で商いをしている夫婦の姿を眺めていた。

そのときである。唸りを発しながら、一本の矢が飛来して、加納の顔先を掠め、背後の板塀にビシッと突き立った。

一瞬、何が起こったのかも分からないまま、呆然としていると、第二の矢が飛んできて、加納の羽織の袖を突き抜いた。その勢いで、加納は背後の板塀に張りつくかのように倒れかかった。

「⁉——ど、どういうことだ……」

板塀に背中をくっつけたまま、加納は数間先にいる松下と多江の夫婦の姿を見ている。ふたりは加納の異変に気づく様子もなく、客を相手に商いを続けている。

「……他に仲間がいるってことか？　それとも俺は見当違いをしてたのか」

色々なことが脳裏を駆けめぐったが、また次の矢が来るのかと思い、袖に突き立っていた矢を引っこ抜くや、路地に飛び込んで身を屈めた。矢羽根は小振りで、前の二回の殺しに使われたものとは違うと、加納は気づいた。

「誰だ！　俺を北町同心と知って、狙ってきたのか！」

矢が飛んできた方向に目を向けて、加納は声の限りに叫んだが、誰も姿を現さなかった。矢が飛んでくることもなかった。

用心しながら路地から通りに出ると、松下と多江はまだ子供らを相手に飴をやったり、その親と言葉を交わしたりしている。その様子を見てから、今一度、矢が飛来してきた方を見上げると、

「旦那ッ――」

と声があって、斜向かいの路地から、若い男が飛び出してきた。見覚えのある顔だと思ったら、『おたふく』の新八だった。

「あ、おまえ……どうして、ここに……」

「いいから、こっちへ」

手招きされるままに路地に入ると、火の見櫓代わりにしている三間ほどの高さの見張り台があって、そこの上に小さな弓が設置されている。手摺りに縄で結ばれていた。

ふたりが梯子段を登ってみると、加納が狙われた辺りに向いている。

「これですよ、旦那」

新八が指し示すと、加納は今更ながら、ブルッときて、

「てことは、誰かがここから俺を……」

「いえ。この弓は予め張っておいて、誰かが射たように見せかけたのでしょう……ほら、引いていた紐を焼き切った痕がありやす。ほら、ここに……」

細い紐と黒い紙、そして虫眼鏡が落ちている。新八は拾い上げて見せた。

「この刻限になると、お天道様の光がこの虫眼鏡を通して、黒い紙を燃やし、糸が切れるようにしていたのだろう」

「そんなことができるのか……」

「緻密な計算をしてたってことですかね。そして、あの夫婦はわざわざ旦那に尾けさせて、ここで……」

さらに新八は、今し方、加納に放たれた矢を見せた。矢羽根には細い糸のようなものが付いている。加納がそれを手にして表通りに戻ると、数間先にいた松下夫婦の姿はなかった。

後ろから来た新八も行く手を見ながら、

「こんな手の込んだことをして、旦那を狙ったのは……自分たちではない、他の事件も関わりがないって見せかけたかったのかもしれやせんが、藪蛇ってもんですぜ」

「うむ……新八、助かった。だが、どうして、おまえが……」

むしろ新八がいることの方を不思議がったが、下手に隠し立てをすると却って疑われると思い、正直に言った。

「実は、旦那があの夫婦を探っていることは、梅さんから聞いてやした」

「いや、梅の方があいつを探れと……」

「へえ。ですから、何かあってはいけないと旦那を守るようにと頼まれました」

「えっ。梅さんが……」

何を誤解したのか、加納は少し照れ臭そうにして、

「そうか……梅さんが俺のことを心配を、な……いや、参ったなあ……」

「とにかく、あの夫婦者と殺されたふたりには、どうやら繋がりがあるようですぜ」

「繋がり……？」

「同じ藩の出らしいんですよ。そっから調べたら、また何か分かるかもしれやせんから、どうぞ探ってみて下さいやし」

新八が、梅から聞いたことを伝えると、

「――おまえたちは一体……何をしているのだ。ただの水茶屋じゃないな」

「いえ。ただの水茶屋です。ただ少しばかり、大きなお世話をするのが、女将さんの性分らしくて困ったもんです、へえ」

新八が適当にはぐらかすのを、加納は訝しんで聞いていた。

出商いから家に帰った松下と多江は、一日の疲れを取るように一緒に内湯に入り、

お互いの背中を洗ってやったりしていた。

湯上がりに酒を一杯飲んで、縁台で涼みながら、松下は多江を座らせ、さらさらと絵筆を走らせている。女房の絵姿を描いているようだが、そのまなざしはまるで本当の絵師のように厳しい。

「あまり見つめないで下さいまし……もう絵にするような若さはありません。すっかり、おばあちゃんですよ」

「何を言う。いつまでも綺麗だ。俺が苦労させなけりゃ、おまえは……」

「よして下さい。苦労などと、まったく思ってもいません。それに、昔のことは変えようがありませんから、もう……」

多江は言いかけた言葉を飲み込んで、黙ってしまった。

「――疲れたか……休もう」

松下は絵筆を傍らの文机に置いて、短い溜息をついた。描きかけの絵も伏せて、多江には見えないようにした。

「見せて下さいな」

「まだ途中だ。途中ということはまだ迷っているということだ……はは、言うことだけは一端の絵師だと思ってるのだろう」

「まさか……」

「あとしばらくの辛抱だ。さすれば、俺の志や望みも叶えることができる。おまえを楽にしてやることもな」

「……あと三人ですね」

さりげなく多江は言ったが、松下はそれにはハッキリとは答えず、

「奴らも勘づいているはずだ。この前来た、加納とかいう町方同心も、しつこく嗅ぎ廻っているようだ。一気呵成に仕留めたいところだが、焦りは禁物。絵も矢も、狙いを定めたら、一点集中を心がけねばな」

「私たちは、正しいことを正しい心で行っているのですから、神仏もご先祖様も成就するよう見守ってくれているはずです」

「その暁には、一緒に豊後に帰ろう。そして、誰か孤児でも貰って、穏やかに暮らしていこうではないか」

優しく微笑む松下に、泣きそうな顔になって、多江はひしと抱きつくのであった。

六

その夜、月は満月で、江戸湾は気味悪いくらいに明るかった。さざ波が光の帯を揺らしているからであろうか。

廻船問屋『成駒屋』の離れからも、暗い海に広がる煌めきを眺めることができる。三郎衛門の前には、吉右衛門が座っていた。年は三郎衛門の方が遥かに上だが、遠慮がちに目配りをしていた。

「まこと……お殿様が動いてくれているのですかな」

心配そうに訊く三郎衛門に、吉右衛門はしっかりと頷いて、

「おそらく岩橋様も勘づいたのでしょうが、やはり矢でふたりを殺したのは……松下清兵衛に間違いありませぬ。勘三だって元は忍びです。見張られていたのに気づかず、一撃でやられたのですから、さもありなん、と」

「そうですか……では、ここもまずいな」

「はい。昼間、松下と多江と思われる夫婦者が、この辺りを何度も廻っておったとか。ここを狙ってのことでしょう」

「あの松下が……」

俄に顔も思い出した三郎衛門に、さらに不安が込み上げてきた。

「松下清兵衛といえば、藩士の中でも下っ端だったが、武芸においては、お殿様の目にも留まっていたほど。だからこそ、姪っ子の多江さんにも惚れられたのでは」

「そうです」

「だが、たしか、せっかく家臣になったのに、自分は絵師になるなどとたわけたこと

を言って、諸国に修業に出たはずでは……しかも、多江さんを連れて」

「ええ。でも、その前に……松下は領民を焚きつけて御家老を吊し上げ、危うく私たちにもトバッチリがきそうになった……」

吉右衛門は憎々しげに目を細め、

「私も此度の事があるまで、すっかり忘れていましたが、松下ならば、私たちに報復を企んでいても不思議ではありますまい……奴は、松下は自分が正義だと酔っている節がある。御家老に対しても、みじんも引き下がろうとしなかった」

「馬鹿正直な奴ほど扱いにくいものはない……抜け荷をしなければ、我が藩なんぞ、とうの昔に潰れていただろうに」

「本当に、正義を語る奴に限って、結局、何もできぬ。人の揚げ足を取ることで満足しているのだからな……それにしても、私たちも何処からいつ狙われるかもしれないとなると……」

と言いかけて口をつぐんで指を立てた。

「シッ――」

おもむろに立ちあがった吉右衛門が、いきなり障子戸を開けると、中庭に人影が見えた。浪人姿のようなので、すぐに三郎衛門が声をかけた。

「なんだ、岩橋さんではないですか……びっくりさせないで下さいよ」

相手が何も答えず一礼だけをして立ち去ろうとすると、吉右衛門が呼び止めた。

「岩橋さんがここに来るはずがない。実はすでに、松下を討つよう、この私が命じたのですからな」

「……」

「誰だ。顔を見せろ」

吉右衛門は商人ではなく、まるで武芸者のように怒声を張り上げて、腰に挟んでいた鉄扇を抜き払い、履き物も履かぬまま庭に駆け下りた。鉄扇を一振りすると、鋭い槍のような穂先が突き出た。

すると、浪人姿はパッと着物を投げかけ、庭から塀に飛び移った。そこには、能の女面をつけた白装束が立っていた。

「何者だ。松下の手先かッ」

声を荒らげた吉右衛門は、手にしていた鉄扇を相手に投げつけたが、容易に弾き落とされた。女面は微動だにせず、

「さてもさても、悪党の巣窟はこちらでございましたか」

「なんだとッ」

「こうなりゃ、松下とやらが剛弓にて、あなたたちを思う存分狙った方が良さそうだね。人殺しはいけないけれど、鬼夜叉（おにやしゃ）が相手ならば仕方がないでしょう。どうぞ、弓

の的になってあげて下さいまし」

ヒラリと舞って、女面の白装束は塀の外に飛び出した。すぐさま吉右衛門は裏木戸を開けて、路地に踏み出して追いかけた。その足取りはまるで忍びのようだった。

白装束は路地の先まで、あっという間に駆け抜けた。吉右衛門も負けておらず、跡を追ったが通りに出た途端、

「あたたた！」

悲鳴を上げて立ち止まった。

地面には撒き菱が広がっていたのだ。とっさに履き物も履かずに飛び出してきたことが不覚だった。

すでに白装束の姿は闇に消えており、何処にも見当たらなかった。

しかたなく、足を引きずりながら『成駒屋』に戻ると、座敷の中で三郎衛門が仰向けに倒れていた。そして、胸には矢が突き立っていたのである。

「!?——」

這い上がるように駆け寄った吉右衛門は、恐怖よりも怒りが込み上げてきた。打ち震えながら矢を握りしめると、それを力任せに折った。そのとき、

「あとひとり……」

という声が、すぐ近くで聞こえた。

ハッと振り返った途端、矢が飛来して、吉右衛門の胸に命中しそうになったが、なぜか矢は失速して、足下に突き立った。

立ち尽くしたままの吉右衛門の前に、弓を肩にかけ、矢を持った武家が現れた。その姿は、綾藺笠を被り、直垂に射籠手、さらに両足を行縢で覆った、まさに鷹狩りのときのものだ。

「——おまえは……松下清兵衛……」

「覚えていてくれたか、吉右衛門……いや、酒向菊之介……殿の側役だったおまえが、公儀御用達の呉服問屋『桔梗屋』とは畏れ入った。あのとき、始末しておくべきだったかな」

「黙れ……何の権力があって、おまえは人殺しをしているのだ」

「人殺し……？」

「そうだ。勘三や細川様を殺し、そして三郎衛門まで……」

「人でなしを殺して、人殺しとはこれ如何に。おまえたちは自分がしたことを忘れたのか……お陰で、俺の二親は無実の罪を被せられ、処刑された。そして、姉も連座でな……旅に出ていた俺だけは、免れた。覚えてないとは言わせぬ」

松下は弓矢を構えると、目の前の吉右衛門に狙いを定めた。

「や、やめろ……！」

「――今、おまえは、あとひとり、と言ったな……もしかして、岩橋さんを……」

「向こうから、家まで訪ねてきたのでな。わざわざ狙う手間が省けた」

「えっ……」

「あとは、おまえだけだ……だが、すぐには殺しはせぬ」

「ど、どうしろと言うのだ……」

吉右衛門は隙あらば反撃しようとしていたが、その微細な動きを見抜いて、

「無駄な足掻きはよせ。よいか、おまえは老中になった堀田豊後守の秘蔵っ子も同然。いつでも間近で会える立場だ……堀田豊後守を誘き出せ」

「な、なにを馬鹿な……」

「従わないのなら、おまえの妻子を殺す。己の因果だと諦めろ」

「よせ。妻子は関わりないッ」

「俺の二親も姉も、おまえたちがやっていた抜け荷とは何の関わりもない。ただ船荷問屋というだけで、おまえたちの罪を被せられた」

「……」

「どうする。主君の命か、妻子の命か。どちらを選ぶ……山下御門の外に連れ出すだけでよい。そしたら、おまえは狙わない」

「狙わない……」

「ああ。おまえも、堀田豊後守に利用されているだけであろう。俺が堀田を射抜いた後、おまえは何食わぬ顔で、『桔梗屋』の主人として生きていけばよい。大事な妻子と一緒にな」

松下は「どうする」と矢を向けたまま問いかけた。断れば、この場で吉右衛門を殺してもよいという顔をしていた。

「分かった……そうする。だが、松下豊後守は仮にも、おまえの主君だった御仁だ。ためらいはないのか」

「ない――」

「分かった。では、明日の朝……」

「今すぐにだ。火急の用とでも伝えて、山下御門の外に連れ出せ。それができなければ、分かっておるな」

吉右衛門は仕方なく頷くしかなかった。

江戸城の九十二門はいずれも、暮れ六つに閉まることになっている。その門番支配を大名や旗本が担っており、伊賀者（いがもの）が詰めていた。よほどのことがなければ、潜り戸すら開けることはない。

ることはできる。だが、老中や若年寄、三奉行らに火急の用があれば、門番支配の責任において開け

吉右衛門はすぐさま、堀田の屋敷まで走り、火急の用だと伝えた。が、すでに堀田は寝所に入っており、山下門外に連れ出すことなどは無理だった。それでも、吉右衛門は、

「殿！　一生のお願いでございます！　どうか、どうか。お願い致します。私がこれまで何か一言でも逆らったことがございましょうか。どうか、どうか！」

と玄関の土間で平伏した。

寝間着で出てきた堀田は不機嫌な顔で、

「無礼者めが！」

と手にしていた扇子を投げつけた。そして、悪し様に罵った。

「おまえの腹は読めておる。どうせ、松下に脅されて、余を引きずり出そうという魂胆であろう。いい気になるなよ、吉右衛門……おまえを引き立ててやったのは余じゃ。勘違いをするな。下がりおろう」

自分の身が危ういことを事前に承知していたかのような、堀田の物言いだった。

「どうか、どうか……でないと、私の妻子が……妻子の命が……」

狼狽(ろうばい)して、自分でも何を言っているか分からないほど震えながら訴えた。それを、

家臣たちが抱え込んで追い出そうとした。

「殿！　お聞き下さいませ！」

「くどい！　これ以上、つまらぬことを言うと、きつく仕置きをするぞ！　おまえの代わりなど幾らでもいるのだ！」

立腹して背を向けたとき、ヒュンと空を切る音がして、矢が飛来した。その矢は、堀田の肩辺りを掠めて、衝立を突き抜いて、さらに奥の襖も貫通した。

「な、なんだ！」

家臣たちが振り返ると、門の櫓の上から、矢を射る者の姿があった。各門には銃や槍、弓矢を常に備えている。賊はそれを承知で、巧みに門櫓に登り、堀田の屋敷の玄関を、長屋門越しに狙ったに違いない。

「あそこだ！　引っ捕らえろ！」

堀田の家臣たちは一斉に櫓の方に向かって、押っ取り刀で駆け出した。その隙に、堀田は他の家臣たちに取り囲まれて、奥座敷に逃げ込んだ。

混乱の隙に吉右衛門も逃げ出し、家臣たちが制するのを振り切って、門外に出た。そして一目散に、その場から離れた。

どのくらい必死に走ったであろうか。ぜいぜいと荒い息で道端に倒れ込んだとき、吉右衛門は背後から目を塞がれた。

「ひいっ――」

と吉右衛門は悲鳴を上げそうになったが、手出しはできなかった。

「誰でしょうか、『桔梗屋』さん」

「……」

「私ですよ」

パッと手を放されて、吉右衛門が振り向くと、普段着の桜が立っていた。

「こんな所で何をしていらっしゃるのですか。酔っ払ってます？」

「な、なんだ……女将か……」

「なんだはご挨拶ですねえ。ここからじゃ浅草まではちょっと遠いですから、その辺りで軽く一献如何ですか」

「いや、いい……ほっといてくれ」

震える声で立ち去ろうとすると、桜はニッコリと微笑んで、

「大丈夫ですよ。奥様も娘さんも」

「えっ……⁉」

「山下御門の櫓上にいる御方も、猿のようにどっかに逃げちゃいました」

「……」

「何があっても私は、あなたの味方です。さあ、参りましょう」

手を差し伸べる桜を、吉右衛門は不信感を露わにして見上げていた。

七

翌日、加納は松下の屋敷に来て、多江に対して、あれこれ聞いていた。だが、多江は何を問われても、「分かりません」「存じ上げません」と繰り返していた。

「知らない訳がないだろう。昨夜のことだぞ。亭主が何処にいたかって訊いてるのだ」

いつもはおっとりしている加納だが、露骨に苛立った態度で迫った。それでも、多江は丁寧に「知らない」とだけ答えた。

「昨夜、山下御門に登った輩がおる。そこから、事もあろうに老中の屋敷に向かって、門番の弓で射たのだ。危うく老中に命中するところだった」

「……」

「幸い誰ひとり怪我人もおらず、事なきを得たが、あれは……松下清兵衛、おまえの亭主だと、老中はおっしゃっておるのだ」

「ご老中が……うちの人はしがない浪人。公儀のご老中を存じ上げるわけが……」

「惚けても無駄だ。おまえは、堀田豊後守の妹の娘……姪だそうじゃないか。そして、松下も元は、豊後影山藩の藩士。浪人したとはいえ、主君を狙うとは由々しき事態。その前に殺しの疑いがある。番屋まで来て貰おう」

「いいえ。本当に主人は……」

と多江が言いかけたとき、襖が開いて、松下が奥から出てきた。

「あっ……！」

加納の方が驚いて、とっさに身構えた。

「もうよい、多江……その同心は若いのに、なかなかの者だ」

「やはり、いたか。認めるのだな。人殺しであることを」

「こうして、顔までハッキリと知られた上は、望みを遂げるのはもう無理であろう。どうあがいても勝負はついてしまった」

観念したように松下が言うと、加納は油断ならぬという態度で十手を向けた。表には岡っ引の半次や下っ引数人も控えている。だが、松下は武芸はかなりの手練れだ。

「おまえ様。だって、ゆうべはちゃんとここにいたではありませんか。山下御門なんかに行くことなんかできませんよ」

狼狽する多江の肩を、松下はそっと支えてから、

「相手はお殿様だ。しかも、ご老中。到底、無謀な戦いだった。その気になれば、百人でも二百人でも兵を集めて、俺なんざ一網打尽であろう」

「諦めるのですか……そんなことは、前から分かっていたことではないですか」

多江は悔しそうに涙ぐんだ。

「いや。俺は犬死にしたくなかっただけだ。一寸の虫にも五分の魂……それを見せつけたかっただけだ。俺の二親と姉貴の恨みのために、おまえを巻き込んで済まなかった。このとおりだ」

松下は多江に頭を下げてから、加納を振り向いて見つめた。

「俺が勝手にやっていたことで、妻の多江は何も知らないことだった」

「そんな言い訳は通用せぬぞ」

「本当だ。倒したい獲物を狙い打ちにし、弓矢を竿竹に隠したのは事実だが、そのことすら多江は知らない。こいつが商いをしている間に、俺がこっそりとな……」

妻を庇っているのは明らかだった。

「下手な嘘はよせ。昨夜の山下御門での騒動で、ご老中はハッキリとおまえの顔を見たとおっしゃっておるのだ」

確信に満ちた顔で加納は言ったが、松下は自嘲気味に、

「それこそ言い訳をしても無駄だろうが……あれは、してやられた」

「なに……？」

「ご老中の所から、門櫓の人の顔を見ることができるわけがない。そもそも、俺はそ

の場にいなかった。なすべもなく門外の離れた所にいたのだ」

「この期に及んで、出鱈目を言うのか」

「たしかに俺は、『桔梗屋』吉右衛門を唆して、ご老中を山下御門の外に呼び出させようとした。姿さえ見ることができれば、一撃で仕留められる自信があったからだ」

「おまえな……」

「ところが、案の定、臆病者の堀田は玄関からすら出ようとしなかった。細川や勘三を射抜いたのが俺だと分かったからだ」

元主君を呼び捨てし、松下は弓矢を引く真似をした。それだけなのに、加納は思わず後退りしてしまった。

「俺はとっさに、門番たちを倒し、櫓に登って弓を取って矢を射ようと考えた。堀田を仕留めることさえできれば、俺はその場で家臣や門番に殺されてもいいと覚悟していた」

「……」

「ところが、不思議なことに、門に向かおうとしたとき、何者かが番小屋の陰から飛び出てきて、いきなり鳩尾を突かれた。不覚にも俺は気を失ったが、意識が薄れる直前……能面を被ったふたり組が飛ぶように門櫓に登っていったのが見えたのだ」

「そいつらが、矢を放ったというのか」

「分からぬ。外れたのか、わざと外したのかも知らぬ。とまれ、俺の戦いは終わった……仇討ちを遂げれば、また妻と一緒に諸国の旅に出て、絵を描こうと思っていたのだが、叶わぬ夢となってしまった」

自嘲気味に項垂れる松下は、加納に縋るように訴えた。

「本当に多江は何も知らないことだ。仮にも自分の伯父を狙う手助けなどするわけがない……武士の情けだ。いっそのこと、この場で腹を切らせてくれ」

「腹を……」

加納は息を呑んだが、多江の表情が俄に強張った。

「ならば私も一緒に死にます」

「多江……」

松下は突き放すような仕草をしながら、

「おまえには関わりなきことだ。それに、多江まで死んでしまっては、誰が俺を供養してくれるのだ」

「いいえ、一緒に冥途に参ります。伯父上は自分の出世のためならば、親族にも領民にも酷いことをしてきました」

「……」

「あなたもご存じのとおり、飢えや病に苦しむ人々のことなど放置して、抜け荷で儲けたお金をせっせと時の老中や若年寄に渡し、自分が幕閣になれるようにと嘆願していたような人間です。それが一国の主と言えるのでしょうか」

多江は懸命に訴え続けた。

「私もハッキリとこの目に焼き付けております。清兵衛さん、おまえ様の父上と母上、そして姉上が、無残にも刑場で殺されたのを……伯父上の手の者が、あなたの実家の蔵に予め阿片を隠しておいて、役人たちがそれを見つけるふりをして、すべてを押しつけたのですッ」

「もうよい、多江……」

「私は旅に出ていた清兵衛さんを夢中で追いかけ、この人の身のまわりの世話をすることで、せめてものお詫びをしたかったのです。伯父上の一族のひとりとして……」

斬罪に処せられる松下の二親と姉の悲痛な姿、そして、哄笑する堀田豊後守の顔を目の当たりにして、多江は心が死ぬほど痛んでいた。その場には、『桔梗屋』吉右衛門、『成駒屋』三郎衛門、岩橋恭之進、細川誠之介、勘三らもいた。

「抜け荷に加担していたのは、藩主とこの五人だったのです。公儀の巡検使に見破られそうになった一味は、すべてを夫の実家のせいにしたのです」

「……」

「清兵衛さんが、そのことを知ったのは私が追いかけて後のことです。清兵衛さんはひとり真相を探り、すべて罠だったことを突き止めたのです。もちろん、私もできる限りの手助けをしました。そしたら……」

「……」

「揃いも揃って、みんな罪のことなど忘れたかのように、江戸でのうのうと暮らしていた。しかも、また同じく抜け荷をしながら！」

そこまで多江が話したとき、

「でも、とてつもなく大きな相手だった……てわけね」

と声があって、梅が入ってきた。あまりにも突然だったので、加納は目が点になっていたが、松下の方は何もかもを承知していたかのように、薄く苦笑いを浮かべた。

「う、梅さん……どうして、ここへ……」

加納が訳が分からず訊くと、松下はじっと見据えて、

「梅さんというのですか……どこの綺麗なお嬢さんかと思ってたが、あのとき……勘三を射たときに、私たち夫婦の前に現れましたよね。見てましたよ、ずっと勘三を尾けてた。だからこそ、あなたを大八車で狙った」

「えっ……？」

加納の方がまた驚いて、目を凝らした。松下は、

「てっきり、町方の密偵かと思ってましたがね。池之端の料理屋の所にもいたし、弁

天島のことも見抜いたようだし……」

と自嘲気味に言った。

たしかに加納も、竿竹屋夫婦を調べろと助言されたりして、妙だなとは感じていた。が、なぜこんな真似をするのか、まったく理解できていなかった。

「——私も不覚を取りました……『成駒屋』を見張っていたとき、私が見つかって逃げた隙に、あなたは三郎衛門を殺した。結果として私が手助けをしたようなものです……なんとも無念です」

梅がそう言うと、加納は「えっ。なんだ」とさらに首を傾げた。

松下は苦笑を浮かべ続けながら、

「もしかして、山下御門に現れた能面も、あんただったのかな。そして、巧みに俺と吉右衛門を逃がした」

と尋ねた。

「そう思って貰って結構です」

「何のために……」

「ご老中に死なれては、結局、事の真相がうやむやになります。そして、吉右衛門さんとあなたは大切な生き証人ですからね」

「……」

「あなた方夫婦に、どんな理由や理屈があろうとも、殺しは殺しです。そして恨みを晴らして、堀田豊後守を仕留めることは、こいつによって悲惨な目に遭った人々と、その悪事を闇に葬ることになってしまう」

梅は毅然とした目つきになって、

「そうではありませんか、松下さん……あなたのご両親やお姉さんの無念を晴らしたいのならば、堀田豊後守を眩しい日の下に引きずり出すべきです」

「……」

「それこそが、夫婦して仇を討つことになるのではありませんか」

一気に話す梅の言葉を、松下と多江は黙って聞いていた。

だが、加納は三人の顔を、目をパチクリさせながら見ているだけであった。

八

江戸城辰之口評定所では、寺社奉行、勘定奉行、町奉行、大目付、目付の五掛りによって、堀田豊後守に対する抜け荷について吟味されていた。

今般の『成駒屋』と『桔梗屋』絡みの弓矢による殺しに加えて、すでに裁決が済んでいる廻船問屋『南海屋』と薬種問屋『越中屋』の事件も改めて調べ直しての評議が行われていた。老中が〝被疑者〟ということで、老中首座の水野忠邦をはじめ、他の幕閣たちも何人かは臨席していた。

憤懣やるかたない顔の堀田豊後守は、威嚇するように評定衆を睨みつけていた。中には自分が指名して引き上げた者もおり、

——恩を仇で返す気か。

とでも言いたげに、ふてぶてしく座している。

評定の進行役である北町奉行・遠山左衛門尉景元が口火を切って、弓矢によって殺された『成駒屋』三郎衛門ら四人の状況を語り、すでに下手人を捕らえていること も一同に伝えた。

「そこで、堀田様にお尋ね申し上げます……弓矢で殺された四人は、ご老中の国元で、抜け荷を働いていたとのことですが、間違いございませぬでしょうか」

「——知らぬ」

キッパリと堀田は答えた。

「しかし、町方で直ちに探索したところ、『成駒屋』の蔵には御禁制の品々に加えて、阿片までもが見つかっております」

「だから、なんだ」

「先般、『南海屋』と『越中屋』が手を組んで阿片を売り捌いていた事件は、もちろ

んご存じでございますな。この遠山が逐一、ご報告申し上げ、その上で……堀田様にも疑義がある旨をお伝え致しました」

「……」

「ですが、確たる証拠はなく、『南海屋』たちが勝手にやっていたこととなりました。一方、今般の事件でも、堀田様の名前が浮かび上がるどころか、国元の豊後影山藩にて行われていた抜け荷などの不正が、詳らかになってまいりました」

遠山は一気呵成に畳みかけた。松下清兵衛が加納に話したことを克明に伝え、この五年で調べ上げてきた証拠の書きつけや帳簿なども差し出した。

それを評定衆や幕閣らが廻して見ている間に、遠山は尋問を続けた。

「つまり……堀田様に命じられた者たちが、抜け荷をしていたのです。『桔梗屋』吉右衛門が公儀御用達に引き上げられたのは、あなたのお陰ですよね。その吉右衛門もまた、すべてを正直に話しました」

「知らぬ。何の話をしておるのか、皆目見当もつかぬ」

「見当もつかぬ……と」

「儂の国元で何か悪いことをしているのならば、改めてこちらで調べる。大名はそれぞれの定法があるゆえ、公儀の手を煩わせるまでもなかろう」

堀田はあくまでも白を切っているが、この場にいるほとんどの者は、それが嘘であろうことは承知しているようだ。これまでも蜥蜴の尻尾切りをしてきたことは、薄々、勘づいていたことだからだ。

「ならば、証人を呼んでおりますので、まずは面談の上、ご反論下さい」

遠山が指図をすると、白砂利が敷き詰められた中庭に、評定所役人が松下と吉右衛門を連れてきた。まるで、お白洲に座らされた罪人のように、ふたりは緊張の面持ちだった。

だが、堀田は素知らぬ顔をしている。

「松下清兵衛……ここにおわす御仁は、誰か言うてみよ」

と遠山が言うと、松下は素直にその名前を述べた。吉右衛門にも問いかけると、同じことを答えた。それでも堀田は鼻白んだ様子で、チラリとふたりを見ただけであった。

遠山は淡々と、ふたりが事前に白状していたことを伝えて、

「さよう相違ないな、松下」

「はい。お奉行がおっしゃるとおりでございます」

「おまえも間違いないか、吉右衛門」

「畏れ入ってございます」

ふたりは一緒に頭を下げた。遠山はふたりと堀田の関係もあえて説明し、姪の多江

についても述べ、すべてが明らかになっていると断じた。その上で、

「堀田様……かように証拠と証人が打ち揃っております。知らぬ存ぜぬだけではなく、かくかくしかじかで、抜け荷はしていないという証（あかし）を立てて下さいますか」

「これは異な事を……名奉行の誉れも高い遠山が、無理筋を通すというのか。知らぬことを証（あか）すことなどできぬ。ないものを、ないと証すこともできぬ。さながら儂は、出鱈目な証拠と証人によって、罪なき罪を作られている気持ちだ」

　堀田はあくまでも惚けた。その答えを受けて遠山は、

「冤罪（えんざい）と申しますか。あなたが松下殿の二親らに仕掛けたように」

「なんだとッ」

「罪なき者を罪人にするとは、藩主がやることとは到底、思えませぬが」

「聞き捨てならぬぞ、遠山。おまえは、あくまでも儂を悪者にしたいのか」

　苛立った堀田に、遠山は真剣なまなざしを向けて、

「気にならぬのですか」

「む？　何をじゃ」

「松下殿の二親に何をしたのか……ということです。堀田様は自分が為されたことを自分で知っているから、疑問にも思わず、咄嗟（とっさ）に腹が立ったのでしょう」

「……屁理屈を言うでない」

「では、お答え下さい。堀田様は松下殿の二親に何をなさったのですか」

「何もしておらぬ。かような猿芝居、もうやめろッ」

堀田は腹立ち混じりに扇子で床を叩いて、立ちあがった。三奉行や大目付に目付、評定衆一同を睥睨しながら、

「この評定所のことは上様にお伝えし、抜け荷の一件についても言上致す。この場にいる者たちのこともな。さよう心得ておけ」

「しばし待たれよ」

声をかけたのは、老中首座の水野忠邦であった。一際、貫録があり、小藩の大名から登り詰めてきた自信に満ちた顔つきである。

「上様からはすでに、抜け荷について念には念を入れて調べ直せと命じられております。このとおり書面をもって」

水野が懐から出して見せたのは、『下』と書かれた文であった。将軍からの下知には誰も逆らうことができない。水野が予め用意していたということは、他の幕閣たちには根廻しができていたということである。

「先程から、堀田殿は自分は関わりないとの一点張りだが、自らが率先して抜け荷について探索しようとはせぬ。それは何故でござる」

「それは……」

「我々は直ちに調べねばならぬ。それに纏わる殺しについては、町方に任せるとして、抜け荷は天下の御法度。今後、この老中首座の水野が自ら調べる。よいな、堀田殿」

「うぬ……」

堀田は不満げに頬を歪めて、

「そうやって、今度は自分の不正を隠すつもりか、水野ッ」

「なんだと」

「ここにいる他の奴らも同じだ。儂が領民に我慢を強いてまで、抜け荷で稼いだ金は悉く、おまえたちに渡すためだ！　今度は、儂ひとりだけを悪者にして幕引きか！」

ヤケクソになって、この場にいる幕閣たちを巻き込もうとする堀田の姿は、もはや憐れにしか見えなかった。

そんな様子を目の当たりにした松下は、

「――下らぬ奴……こんな男なら、真っ先に矢で殺すのだった」

と拳を握りしめた。何かをすると察した遠山は、評定所役人に目配せをして、松下を取り囲んで制止した。そして、堀田に向かって冷静に決裁をつけた。

「すべてのことが判明するため、蟄居謹慎、登城を禁ず。御家の改易を避けるためには、切腹をなさるのがよろしかろう」

切腹を勧めるのは〝武士の情け〟である。それでも暴れようとした堀田を、大目付、目付と評定所役人が羽交い締めにし、脇差しも取り上げるのであった。

その夜――『おたふく』はいつものように客で一杯で、嬌声で盛り上がっていた。江戸城中で如何なる評定があったとしても、まったく関係のない庶民の憩いの場だった。

桜と梅、そして竹は艶やかな衣装と化粧で、客の間を縫うようにして挨拶を交わしていた。雇われている若い娘たちの色香も店中に漂って、旦那衆はもうやに下がっていた。毎日がお祭り騒ぎである。その様子は、まるで浮世絵さながらだった。

夜も更けて、ひとりふたりと客が退散し始めた頃、ふらりと加納がやってきた。新八の顔を見るなり、

「おまえも怪しい」

と十手を突きつけて、案内もされていないのに店の中に押し入ろうとした。

「加納の旦那。もう酔ってますね」

「酔ったが悪いか、ひっく……これが飲まずにいられるかってんだ」

「下戸なのにですかい」

「うるさい……梅を呼んでくれ、梅を」

「もう店仕舞いです。梅さんは体の具合がよくないと、先に休んでます」

「何処が悪いのだ」

「疲れただけだと思います。色々とあったようなので」

「心配だ。二階に寝ているのか」

すぐにでも行こうとする加納を、新八は軽く押し返して、

「旦那。勘弁して下さい。遊びに来るなら、店が開いているときにお願いしやす」

と頼んだ。

それでも中に入ろうとする加納の前に、桜が奥からやってきて、

「新八さん。そう邪険にしちゃいけませんよ。さあ、こちらへ」

と入り口に近い小上がりに案内した。ここは待合いに使っている所である。

「此度はお疲れ様でした。旦那のお陰で、弓矢での殺しから抜け荷まで一気に片付きましたね。おめでとうございます」

廊下で見ている新八に、お酒を一本頼んでから、

「ねえ、加納の旦那……竿竹売りの奥さんはどうなったんです。亭主の方は、理由はどうであれ、四人も殺したのだから、鈴ヶ森（すずがもり）で処刑されますよね」

「当たり前だ」

「その覚悟だったんだろうけど、もし〝暗殺〟をすべて成し遂げていたら、ふたりして何処か遠くに行って、絵師をしながら幸せに暮らしてたかもしれない……仇討ちな

んかしなきゃよかったのに」

「俺はそうは思わぬ。あの男は、立派な武士だったと思うぞ。女房は生涯独り身で、夫を供養し続けると話してた」

「それも、凄い覚悟ですね」

「あ、それより、絵師といえば……」

加納は桜をまじまじと見て、

「喜多川歌麿の娘たちを売りにしているが、本当なのか」

「ええ、そうですよ。二代目ですがね。でも、売りにしている訳では……」

「違う噂を聞いた」

「噂……？」

「絵師ってのは仮の姿。二代目・喜多川歌麿は、〝裏始末〟をしていたって噂だ」

「何ですか、それは……」

「自身番裏始末ってのを聞いたことがあるだろう。浅草猿若町(さるわかちょう)の自身番には、松蔵(まつぞう)という家主がいて、そいつが密かに悪い奴を始末していたってことだ」

「知りませんが……」

「そうなんだよ。でな、二代目・喜多川歌麿もその仲間で、誰だか知らないが、公儀の偉い御仁とも繋がっているとか」

加納は虚ろな目で、桜を見つめながら、

「此度のことで、おまえたち三人娘がチョロチョロ出てきて、俺の邪魔をしてた」

「邪魔？　冗談じゃない。助けてたんじゃありませんか」

「助けてた……なぜだ。どうして、そんなことをする。なんで、御用に首を突っ込む」

「突っ込んでませんよ。なんか勘違いしてませんか。旦那があまりに一生懸命だから、応援したくなっただけです」

桜が微笑んだとき、新八が酒を運んできたが、その前にもうガックリと前のめりになって、いきなり鼾を立て始めた。

「あらら……どうしましょう。こんな所で寝られたら、困っちゃうわねえ」

「いいじゃありやせんか。八丁堀の旦那がちょくちょく立ち寄ってりゃ、用心棒代わりになりやすよ」

「なんだか頼りのない用心棒ね」

むにゃむにゃと寝言まで洩らし始めた加納の背中に、桜は羽織をかけてやった。

何処か遠くで梟が鳴いた。格子窓から射し込んでくる蒼い月光も不気味に見える。

これから、まだまだ三姉妹に波乱の事件が起こりそうな気配が広がっていた。

第三話　紅蓮の恋

一

浅草奥山に程近い通りには幾つかの料亭や割烹があり、芝居見物帰りの人々でも賑わっている。芝居小屋が土蔵造りになったことで、日暮れまで興行ができることもあり、茶店も葦簀張りから、ちゃんとした店構えになった。

水茶屋『おたふく』の近くにある料亭『千登勢』では、賑やかな宴が長々と続いていた。ときには、そこから流れてくる客もいるので、桜としてもご近所付き合いを大切にしていた。人気の『おたふく』とはいえ、客足が途絶えることもある。そんな折は、店の前で客引き紛いのこともした。

今宵は嘘のように客がおらず、桜も自らが表に出て、ぼんやりと『千登勢』の障子窓の明かりを見上げていた。

「随分とドンチャン騒ぎをしてるね。芸者でも呼んでいるのかしら」

一緒に店の軒提灯の下に立っている梅に、桜が言った。

「あれ、姉ちゃん、知らなかったの。江戸中の色々な問屋組合の肝煎りが集まっているそうよ。私も誰かに見初められて、左団扇で暮らしたいなあ」

「まだそんな年じゃないでしょ。恋のひとつやふたつしてからにしなさい」

「姉ちゃんこそ、早くしないと行き遅れるわよ」

たわいもない話をしていると、『千登勢』から、数人の商家の旦那衆が出てきた。見るからに大店の金持ち風ばかりである。番頭が「ありがとうございました。またのお越しをお待ちしております」と腰を折って送り出している。

すると、その中の誰かが、

「こんな所に水茶屋が、ちょいと覗いてみるかね」と言うと、他の人が、

「あれ、知らないのか。ここは『おたふく』って名だが、美人揃いらしいぞ」

と答えた。その言葉に刺激されたのか、酔った勢いで、桜と梅の方に向かって来て、

「ほら、見ろ。こんな綺麗な娘ばかりなんだ。浅草にはめったに来ない。話のタネに覗いてみようじゃないか、なあ」

一番年上らしい商人が声を上げながら、ぞろぞろと桜たちの方に近づいてきた。一番後ろから、他の人たちよりは随分と若い、こざっぱりした背の高い若旦那がついて

きている。

その顔を見た途端、桜はハッと目を見開いて、

「ひょっとして、正助さんじゃない」

と声をかけた。

正助と呼ばれた男は一瞬、吃驚して振り向いたが、しばらく見つめていて、ようやく思い出したかのように、

「――えっ……桜、かい……？」

と表情が揺らめいた。

「やっぱりそうだ。正助さんだあ！」

桜は人目を憚ることなく、若旦那に抱きついた。それを見ていた連れの商人たちは、

「なんだ、『立花屋』さん、知り合いかい」

「だったら、立ち寄らない手はない」

「もしかして、昔のコレじゃないだろうねえ」

「いやいや、『立花屋』さんは色男だから、隅に置けないねえ」

などと口々に言った。

すぐに桜は、みんなの前で頭を下げて、

「水茶屋『おたふく』の女将、桜でございます。こちらは妹の梅でございます。ささ、

どうぞ、どうぞ、楽しい宴の後に、シメの美味しいお酒を召し上がり下さい」

と店に誘い込んだ。

正助と呼ばれた若旦那は、なぜか避けるように、

「俺は今日は飲み過ぎた。失礼するよ」

と断ったが、桜はギュッと手を握って放さなかった。

「そんなこと言わずに、ちょっとだけでも……もう三年、ううん、四年かしら」

桜は強引に腕を引っ張って、店の中に連れ込むのであった。

問屋組合の肝煎りの寄合に、正助も顔を出していたというのを聞いて、桜は吃驚仰天だった。若い綺麗どころと盛り上がっている他の旦那衆とは別に、二階の座敷の一室に、桜は正助を誘って、まるで初恋の人に邂逅したように懐かしんでいた。

「――まさか、桜がこんな店をやってるとは、思ってもみなかったよ」

正助が驚きながら杯を傾けると、桜は注ぎながら、

「私だって驚いたわ……日本橋の銅問屋『立花屋』の主人だなんて、びっくり。すっかり偉くなってたのですね」

「偉いわけじゃない……入り婿して、先代が急に病で亡くなったものだから……」

「入り婿……奥様がいらっしゃるのね」

残念そうに溜息をつく桜に、正助はわずかに申し訳なさそうな感じになって、

「先代の名を継いで、琳右衛門になったけれど、まだ駆け出しだよ」

「ふうん……私、てっきり、お医者さんになっているんだって思ってた」

「えっ……」

「だって、憧れてたじゃない。そのために、正助さんは私を捨てて、長崎に行った」

「捨てて……だって桜はまだ十七、八の小娘だったじゃないか。俺はもうすぐ三十路だ。それに、長崎では少し医学を学んだが、おまえも知ってのとおり、うちの親父はしがない桶職人で貧しかったからな……医学は諦めて、こういうしだいだ」


　長崎遊学をしているときに、長崎奉行の市川晋之亮に出会い、その頃、長崎交易に関わっている江戸や上方の商人らに紹介してくれた。その中のひとり、『立花屋』の先代に気に入られて、娘と一緒になれと請われたのだ。


「お医者さんと銅問屋って、まったくお門違いね」

「そうでもないさ。長崎では洋学が盛んで、舎密学といって、金銀の加工や色々な薬を混ぜ合わせたりする技も沢山、学べたんだ。うちの銅とも深い関わりがある」


『立花屋』では、足尾や別子から運ばれた銅を、棹銅という長崎交易の輸出品用に作ったり、精錬した丁銅や瓦銅、小判や鋲などの金具に加工したものを取り扱っている。そんな話をしている正助を、桜は眩しそうに見ていた。

「難しい話は分からないけれど、桜は正助さんが幸せそうでよかった……あ、琳右衛門さんでしたよね。これからは、そう呼ぶわ」

「いいよ、正助で」

「だって、あんな立派な大店のご主人だもの、馴れ馴れしすぎる。それにお内儀様に悪いから、うふふ。でも、これを縁にたまには顔を見せて下さいな」

桜が少し寂しそうに言ったときである。

「火事だ、火事だぞ！」

という叫び声が店の外から聞こえ、路地を駆け抜ける人たちのざわめきがし、半鐘が何処かで鳴り始めた。

桜が障子窓を開けて、手摺りから身を乗り出して見ると、浅草寺の裏手の方に炎が上がっているのが見える。その下の通りには、新八が飛び出しており、様子を窺っていた。

「新八さん。何処なの、火事は！」

声をかけた桜を、新八は振り返って見上げ、

「風は吉原の方に向かってるから、飛び火すれば遊郭が心配だな」

「大丈夫かしら」

「この辺りは大丈夫だけど、あの辺りには〝子守り長屋〟があるし、ちょいと様子を見に行ってきやす」

そのまま新八は裾を捲って、駆け出していった。

「大したことがなきゃいいけれど……」

言いかけた桜が俄にアッと驚いた顔になって、

「正助さん。私も行ってみる。店のことは、妹の梅がいるから」

「気になることでもあるのかい。〝子守り長屋〟とか言ってたけれど」

「ええ。うちの茶汲み娘の中には、事情があって、小さな子や赤ん坊を抱えて、ひとりで育ててる人もいるの。だから仕事の間は、借りてる長屋で預かって面倒見てるのよ」

「そんなことまで……」

「今日は、末っ子の竹が、子供らを見てるから……折角会えたのに、今度、正助さんのお店まで訪ねていくから、御免ね……」

挨拶を残して、桜は急いで部屋から出て行った。

浅草寺の裏手には幾つもの寺が並んでいるが、畑がほとんどで、浅草田町辺りに民家が幾つかあり、その先に吉原がある。

桜が駆けて来たのは、新鳥越町一丁目にある小さな長屋だった。火事はここではなかったし、預かっている三人の子供もいたが、子守役の竹の姿がなかった。その代わり、大家の仁兵衛がいて、

「竹ちゃんなら、火事騒ぎがあってすぐに、子供らを私に預けて飛び出していったよ。火事と喧嘩は江戸の華といっても、竹ちゃんも若いのに好きだねえ」

と、ぼやくように言った。大家は還暦過ぎの老体だが、子供好きで、快く長屋を安く貸してくれているのだ。

火事見たさに、竹が子供を置いて駆け出すとは思えなかった。野次馬根性はあまりない子であることは、桜はよく知っている。もしかしたら、付け火をした奴の姿でも見たのではないかと桜は勘づいた。

「大家さん、私も行ってみる。ちょっとの間、子供たちをお願いね」

すぐに長屋を後にする桜を見て、

「まったく……火事見物が好きだなんて、お転婆な姉妹だなあ……」

と仁兵衛は苦笑した。

桜が駆けつけて来たのは、吉原に至る日本堤から少し離れた小さな集落だった。すでに町火消の鳶たちが集まってきており、火事はほとんど収まっていた。火元であろう雑貨店の屋敷は一部、木槌で壊されていたが、天水桶や川の水だけで消火できたようだった。

だが、桜の顔が強張った。異様だったのは、その裏店の住人たちが、火事から逃げる途中だったのか、地面に倒れ這いずって、激しい嘔吐を繰り返していることだった。

その中には、吉原帰りなのか、行く途中なのか、数人の商人風の者もいた。

吉原の番小屋の番人たちが提灯を掲げ、同心や岡っ引も駆けつけてきていた。倒れた人々を助けるため、近くの町医者や寺などに運んだり、水を飲ませたりしている。

「――な、何……!?」

思わず声を上げた桜の側に、駒形の半次親分が近づいてきて、

「とんでもねえことが起きたようだぜ。女将さん、ここじゃ危ねえから、帰った方がいい。さあ、向こうへ」

「一体、何があったのですか」

「まだ、はっきり分からねえ。けど、火事になった雑貨店に、燃えたら毒になるような物が置いてあったのかもしれねえとか」

「毒……」

「燃えちゃまずい木とか金物はあるからな。とにかく、今は目の前の人を助けなきゃならねえ。野次馬が増えて、そいつらが犠牲になったら困るから、近づけないようにしてるんだ」

桜もその光景に唖然となり、思わず口を押さえた。その目が、少し離れた掘割の小さな橋の袂に止まった。

なんと、竹がぐったりとして倒れているのではないか。思わず、桜は駆け寄り、

「竹……！」

　と揺すり起こすが、意識を失ったまま返事がない。桜はさらに頬を叩いたり、体を叩いたりしながら、

「どうしたの、竹！　しっかりして。目を開けて、竹……！」

　悲痛な声になっていく。

　そこに、なぜか加納福之介も駆けつけてきた。他にも数人の岡っ引や町方中間、捕方もおり、物々しい雰囲気だった。

「桜さん……あ、竹ちゃんも！」

「旦那……」

「一体、何があったんだ」

　不安げに辺りを見廻していた加納の顔が、俄に険しくなって、

「まさか……やはり、やりやがったか」

「え、何のこと……」

　加納は何か心当たりでもありそうだったが、

「とにかく、ここは危ない。桜さんも離れて……おい、誰か、この娘を医者の所に運んでやってくれ」

　と岡っ引に命じるのだった。

とんでもない異変が起きたことは桜も察したが、竹が巻き込まれたことで、動揺は隠しきれなかった。

火事の名残の煙の上に、蒼い月が不気味に浮かんでいた。

二

竹は、医者ではなく、浅草寺裏にある月覚寺という古い尼寺に運ばれた。町医者の所には大勢の人々が担ぎ込まれており、中には子供の重傷者もいたからだ。

だが、竹も相変わらず意識は戻っておらず、桜は側で心配そうに見守ることしかできなかった。症状の重い者は、本堂で布団に寝かされていたが、軽症の者は縁側や庭先で、しゃがみ込んでいた。尼寺だが、男女関わりなく面倒を見てくれていた。

まだうら若い尼僧が近づいてきて、数珠を鳴らしながら、火事によって奇妙な被害を受けた者たちの額に掌を当てて、

「御仏がついております。ご本尊の月光菩薩が守ってくれております。どうか気を安らかに、必ず良くなります。南無阿弥陀仏」

と唱えた。

駆けつけてきている若い町医者やその弟子たちも、懸命に被災者の容態を見ている

が、原因が分からず、手の施しようがないと溜息をついていた。それでも、気付け薬を無理に飲ませたりしている。

「お願いします。どうか、私の妹も……」

桜が医者に嘆願していると、尼僧が近づいてきて、

「当山の浄泉という者です。あなたは、吉原の遊女ですか」

と訊いた。

水茶屋で働いていたままの前帯に派手な着物に濃い化粧のせいで、尼僧は誤解したのであろう。桜はすぐに否定して、事情を述べてから、なぜ妹の竹がひとりで火事場に来たのかが不思議だと伝えた。

「――そうですか……働いている女たちのために子供を預かって……」

感心したように浄泉は言ってから、同情した目になると、何やら呪文を唱えながら数珠と掌を竹にかざした。

「まだまだ若い娘さんですね。大丈夫です。必ずや仏の御加護があります」

月光菩薩のような笑みを洩らして、浄泉は軽く礼をすると他の被災者の方へ向かった。その姿は尼僧というよりも、嫉妬するほど美しい花魁にすら見えた。

その夜、桜は明け方まで、竹の側にいたが、穏やかに息はしているものの、意識が戻ることはなかった。

他に担ぎ込まれた人たちも、咳をしながら寝転がっている。半次が言っていたとおり、何か悪い薬が火事によって毒となって広がり、それを吸った人々が苦しんでいるのかもしれないと不安が広がった。

「——竹……しっかりしておくれ……大丈夫だよ。姉ちゃんがなんとかするから」

穏やかに眠っている竹の頰を撫でながら、ほんの一寸、正助の顔を思い浮かべた。長崎で医学や舎密学を学んだのなら、原因を突き止めて、治療できるのではないかと。

そのとき、竹の胸の上に、ひらひらと折り鶴が何処からか舞い下りてきた。

桜は、辺りを見廻してから、折り鶴に手を伸ばした。それを、こっそり開くと、

『花の雲、鐘は上野か浅草か——』

と書かれてあった。

「なに……芭蕉の句……どういうこと？」

首を傾げていると、浄泉が近づいてきて、

「まだ目が覚めませぬか……困ったことですね……」

と声をかけてきた。桜はとっさに折り鶴の紙を帯に挟んで、

「はい……医者も何度か診に来てくれたのですが、理由がまだ分からないそうです」

「そうですか……ならば私がなんとかしてみましょう」

「え……？」

「御仏に縋るのです。それしかありません。あなたも助かるようにと念じて下さい」

浄泉は竹の胸の上に掌を当てて、経文か呪文のようなものを唱え始めた。桜も藁にも縋りたい思いに駆られている。正直、神仏を心の底から信じているわけではないが、竹が目覚めるためなら何でもするつもりだ。

ひとしきり呪文が終わった頃、新八が来て、境内から手招きしている姿が目に入った。桜は浄泉に御礼を述べてから、新八に近づいた。そのまま一緒に山門から出て行くと、

「梅さんからの報せです……誰かは知りませんが、元締めから報せがあったと」

と折り鶴を見せた。

「私の所にも……訳の分からない芭蕉の句があっただけだけど」

呟きながら振り返ると、本堂の縁側から、浄泉がこっちを見ていた。浄泉は心配そうな表情で軽く一礼した。桜も一礼を返すと、

「私の代わりに、新八さん……竹をお願いするわね。何かあったらいけないから」

「へえ。承知しやした。〝子守り長屋〟の方も、きちんと子供を親に渡しておきましたから、安心して下せえ」

「色々と済まないねえ」

「それは言いっこなしです……じゃ」

新八は竹が寝ている本堂の方に向かった。

桜が『おたふく』に帰ってきたとき、店の中はすっかり片付いていたが、なんとはなしに、いつもと違う気がした。むろん錯覚である。正助を置き去りにしてしまったことが、気がかりだったのだ。

窓を閉め切った上に、簾を垂らしているせいで薄暗い室内の片隅で、梅が仏像のように背筋を伸ばして立っている。

「あなたの方が、よっぽど月光菩薩に見えるわよ」

桜が言うと、梅は真顔のままで、

「なんの話……?」

「ううん。何か事件みたいだけれど、竹があんな状態だから、ちょっと今回は……」

「読んだでしょ、折り鶴の俳諧……」

「ええ。何か意味があるの?」

「実はね、ちょっと前から気がかりなことがあって、調べてたの……以前にもね、上野の寛永寺境内で、それこそ桜の時節に、ちょっとした小火騒ぎがあって、そのとき、参拝していた人たちが大勢、倒れた一件……」

寛永寺は徳川家の菩提寺で普段は山門を閉じているが、桜が満開の折は町人に開放していた。

「そのときと、そっくりなのよ、昨夜の吉原近くの騒動が」

「……」

「上野であった騒ぎのときは、吐き気や腹痛が続いたので、出店の汁物か何かが当たったのではないかと、寺社奉行も町奉行所と一緒になって調べたけれど、死人が出たわけでもなく、なんとなく見過ごされたの」

「そう言われれば、そうね……」

「でも、今度はもうひとり亡くなってる」

「えっ、そうなの⁉」

桜は俄に胸の奥から苦い不安が込み上がってきた。気を失ったままの竹の顔が、頭から離れないのだ。

「誰なの、亡くなったのは」

「油問屋肝煎りで『淡島屋』の主人の雁左衛門て方……昨日、うちに来た姉ちゃんの昔馴染みと一緒に、『千登勢』の宴にいた人らしいのよ」

「ええっ……」

驚いた桜に、さらに梅は続けて、

「『淡島屋』さんたち何人かは、うちではなくて、吉原に繰り出したそうなんだけどね……まさか、火事に巻き込まれるなんて。人の運命なんて分からないわね」

「……」

「でも、その火事がただの火事ではないことは、姉ちゃんも気づいてるわよね」

殊更、梅に言われても、今度ばかりは竹のことで動揺していて、冷静に判断できないでいた。焼けた雑貨店にあった薬のせいかもしれないことを伝えると、梅は頷いて、

「その薬を燃やすのが狙いだったとしたら、これは事件よね」

「燃やすのが狙い……」

桜は折り鶴に書かれていた『花の雲、鐘は上野か浅草か』という俳諧を思い出し、それと関わりがあると察した。花の雲は満開の桜の盛りを表しているが、何かの〝隠語〟かもしれない。そして、上野の事件に続いて浅草で起きたことに繋がると考えた。

「つまり偶然ではないってこと……？」

詰め寄るように桜が訊くと、梅はしっかりと頷いて、

「そうとしか考えられないわ。でも、次、どこに〝死の花が咲く〟のか、まだ分からない。それを私たちに調べろってことだと思うの、この折り鶴は……」

「……」

「でね、私がちょっと調べたんだけど、どうもね、チラッと出てきた人がいるの……浅草寺裏の月覚寺の浄泉って尼僧……」

「えっ、どういうこと。浄泉さんなら、今、竹がお世話になっているし、私も会った

けれど慈悲深そうな人だよ。竹だけじゃなくて、此度のことで大勢の人を本堂に……」

いつになく興奮気味になる桜を、妹の梅の方が落ち着くように制して、

「まあ聞いて……半年くらい前になるんだけど、駒形堂でまるでお百度参りのように、何度も何度も拝んでいる十五、六の男の子がいたの。そしたら、突然、ならず者が近づいて、その男の子を問答無用に、刃物で殺そうとしたのよ」

「あ、そんなことがあったと聞いたわね」

「だから、私はとっさに大声を上げたんだけれど、男ふたりはすぐに立ち去った……何かあると思って、私は自身番にその子を連れて行ったんだけどね、そのとき、男の子がこんな話をしたの」

男の子は朝吉といって、上州の貧しい村に生まれ育った。ある日、いつものように囲炉裏を囲んで、二親と兄弟四人で一家団欒をしていたとき、突然、喉や胸を押さえて藻掻き、みんな死んでしまったという。

見ていた朝吉も意識が朦朧となったが、一命は取り留めた。だが、朝吉の家だけではなく、隣家も含めて村で十数人が同じように突然、死んだのだ。

かろうじて生き残った村人たちは、おかしいと思って代官に届け出て、色々と調べて貰った。近くには金山や銀山があるわけではないが、誰かが隠し掘りでもしていて、

鉱毒が川に流れたのではないかと疑ったのだ。

しかし、そのようなことは一切無く、村人の死は、同じ山から採った毒茸を食べたせいではないか、ということで落ち着いた。医者の調べでも、症状が似ていたからだ。

「そんな凄惨なことが……」

聞いていた桜は、同情で胸が痛んだ。そして、昨夜、目の前で苦しみながら倒れていた人々の姿を思い出した。

「でも、それが、どうして浄泉様と関わりがあるの」

「朝吉って子があのとき、『おいらのお父っつぁんやおっ母さん……いや村人たちは、尼の浄泉に殺された。浄泉は人殺しだ』って言ってたよ」

「えっ……！」

「で、その手には小銭を幾ばくか持ってた……つまり、誰に聞いたのか、あの子は駒形堂で〝願掛け〟をしていたんだよ」

駒形堂で願掛けをするとは、恨みを晴らして貰えるという噂や俗説から来ている。

金龍山浅草寺ができるずっと昔は、檜前と呼ばれていて、馬の牧場があったとされる。ゆえに、駒形堂には馬頭観音が祀られている。境内の〝戒殺碑〟は元禄年間に、隅田川での漁を禁じたために作られたもので、いずれも殺生に関わっていた。

馬頭観音は、無知蒙昧によって畜生道に迷い込むのを救うと言われているが、他の穏やかな顔の観音と違い、不動明王のように目尻を吊り上げ、怒髪天を衝き、牙を剝き出した憤怒の形相をしている。ゆえに、地獄、餓鬼、畜生、修羅、人間、天上という〝六道輪廻〟の衆生を救済するために、極悪人は畜生道に留めておくという言い伝えがあった。

「だから、駒形堂に拝むと、悪い奴を人間界から追い出し、畜生にしてしまうと言われているのは、姉ちゃんも知ってるでしょ。だから、ときに〝闇の始末屋〟に絵馬などを通じて、仇討ちを頼むとかの噂もある」

「まさか、その子が浄泉さんを畜生道に追い出してくれと頼んだとでも……？」

「そういうこと」

「で、その朝吉って子は……」

「それが、あの後、亡くなってるの。殺されたんじゃないわ。病で……きっと親兄弟と同じような目に遭ってたんだけれど、朝吉だけが少し生き延びたのね」

梅の話に、桜は暗澹たる思いになった。

「その事に、浄泉さんが関わっているとでも言うの？　そこまで言うのなら、梅……確たる証があるのでしょうね」

「いいえ……でもね、上野の一件、そして昨夜のこと……朝吉が話していたことと似てる気がするの」

「どういうこと……」

「何らかの毒を使った。火事に見せかけて薬を燃やした」

「一体、何のために、どうして……」

「分からない。でも、朝吉って子は何かを知ってたのかもしれない。だから、駒形堂に願掛けに行ったけれど、殺されかけたのかもしれない……今になって、そう思ったのよ」

「……」

「もし、そうだとしたら、あの子の無念も晴らしてあげたい」

梅はそう言いながらも、折り鶴を見せて、

「――姉ちゃん……いつぞや新八さんも訊いていたけれど、こんな書き付けを送って来ているのは誰……？」

「私も知らない」

「嘘……本当は姉ちゃんだけは知ってるんじゃないの？」

「本当に知らないのよ」

「もしかして、北町の遠山（とおやま）様……？　だとしたら、公儀の手先になっちゃうわね、私たち。それだけは嫌だわ。だって、お父っつぁんはともかく、先代・歌麿（うたまろ）はお上によって酷（ひど）い目に遭わされた……そのことで、おっ母さんも辛い思いをしたはず」

顔を覗き込んでくる梅から、桜は逃れるように離れて、

「それより、竹のことが心配……あなたが懸念する浄泉のことも、私が調べる……」

と決意の表情になった。

梅は黙って頷いたが、もし毒による無差別殺人をしようとしたなら、何者か知らないが絶対に許せないと思った。それは、桜も同じ気持ちであった。

三

月覚寺の境内には、十数人の被災者がまだ残っていた。

火事が酷かったわけではないが、長屋には異臭が残っており、気持ち悪いからだという。被害に遭った老人や子供たちには、寺男たちが炊き出しをして、ひとりひとりに配っている。

本堂の本尊の前では、護摩を焚いており、浄泉が集まっている人たちの前で、呪文を唱えていた。浄泉の傍らには、これまた寺男がひとり神妙な顔で座している。

その様子を少し離れた所から、桜が見ていた。

——尼寺に寺男とは……。

たしかに、尼寺にも男僧が来ることはあるが、寺男はいないはずだと、桜は思って

いた。しかも、護摩は密教の儀式であるのに、南無阿弥陀仏を唱える浄土教ではおかしなことだと感じていた。

浄泉はひとしきり梵語の呪文を唱えると、護摩の近くに集まっている人たちに掌をかざしながら、「エイ!」と気迫ある声をかけて、さらに何やら呪文を唱えてから、

「――これで必ず良くなります。御仏の御加護を信じて、これで養生なされ」

と言った。

すぐに、傍らにいた寺男が、本尊前に置かれていた白い徳利を取ってくると、小さな茶碗を差し出して、

「ご霊水です」

と言って、ひとりひとりに注いだ。

まだ胸が苦しいとか、喉が痛いという人たちはそれを、「ありがたや、ありがたや」と拝みながら口に含んだ。

竹は、庫裏の方に移されて、裏庭が見える一室に寝かされていた。穏やかに息をしているが、まだ眠ったままである。

桜はその側に来て、少し滲んでいる汗をお湯で絞った手拭いで拭いてやった。

「竹……うちに帰るかい……ここにいても、同じだからね」

と囁くように言うと、通りかかった浄泉が、護摩で清めたという霊水を持ってきて、

「さあ、これを一口飲ませてみて下さい。きっと良くなります」

と微笑んだ。

一瞬、桜はたじろいだが、うら若い尼僧の黒い瞳は綺麗に輝いていた。

「ありがとうございます、浄泉様。ですが、妹はまだ眠ったまま。小石川養生所に知り合いの医者がおりますので診せたいと……」

「それも結構ですが、何人かの町医者にも原因は分かりませんでした。まずは霊水を」

さりげなく近づいてきた浄泉は、桜に少し竹を抱き起こさせ、自ら茶碗に注いだ水を飲ませた。茶碗の縁が唇に触れると、しぜんに竹は反応して、少し飲み込んだ。

「大丈夫です。生きている人は、こうして摂理どおりに体が動くのです。必ず良くなります。どうぞ信じて下さい」

浄泉は桜に微笑みかけて、立ち去った。

入れ替わりに、正助が入ってきた。突然のことに、桜は驚いたが、

「知り合いが亡くなってな……あの後、桜が出て行ったから、案じていたんだ。そしたら、妹の竹ちゃんが大変なことになってると聞いたもので」

「竹のことを心配して来てくれたの？」

桜が訊き返すと、正助はそうだと頷いた。この月覚寺も含めて、浅草界隈の幾つかの寺に寄進しているので、此度の事件についても耳に入ったという。

「——そうだったの……たしか、『淡島屋』さんが亡くなったそうね。油問屋の」

「えっ……どうして、そのことを……」

少し驚いた正助に、桜は言った。

「私もああいう商売をしているからね、何かと入ってくるのよ。『千登勢』さんでは、一緒にいたんでしょ」

「ああ……」

「どういう御方だったの。吉原に出向いたそうだけど」

「よくは知らないんだ。『千登勢』で初めて会ったから。俺も銅問屋の肝煎りになったばかりだし、初めての人が多くてね」

「そうだったの……」

桜が見つめると、正助は目の置き所に困ったように、

「それより、竹ちゃんは大丈夫なのかい」

「分からない。今、浄泉様から霊水を戴いたので……良くなるって」

「ならば、必ず良くなるよ」

「まるで、よく知っているみたいね」

「ああ。浄泉さんの霊力は凄いとの評判でな。実は俺も病になったときに、助けて貰ったことがある。だから浄財を……」

「そうなんだ……正助さんは医者を目指していたし、舎密学とかを学んだから、てっきり霊力とかは信じない人かと思ってた。だから、後で訪ねて、色々と聞いてみようと……」

「世の中は、人には分からない不思議なことばかりだ。たとえば、どうして俺たちが生きているのか……それだって不思議だろ」

正助はそう言って、竹の眠った顔を眺めながら感慨深げに、

「あの頃はまだ、子供だと思ってたけれど、随分と大人びたな」

「変な気を起こさないでね」

「何を言うんだ、こんなときに……本当に心配して来たんだ。何かがあってからでは遅いから、知り合いに優れた医者もいるから、連れていってもいい」

「ありがとう……でも、今はあなたも信望している浄泉様の霊水に頼ってみるわ」

桜はまさしく神仏に縋りたい思いで、竹の頬を撫でた。

「――浄泉様にも頼んでおくけれど、いつでも俺の所に来てくれ。できることなら、何でもする。いいな」

慰めるように正助は桜の肩に触れると、コクリと頷いてから立ち去った。正助は浄泉のいる渡り廊下の方へ行くと、まるで仏様に祈るように両手を合わせて、深々と礼をしてから何かを話し始めた。

その姿を見ていた桜は、言葉にしようのない不自然さを感じていた。

夕暮れになって、護摩焚きに集まっていた被災者たちは少しずつ、体が良くなったのか、ひとりふたりと月覚寺から出ていった。

相変わらず眠っているのは竹を含めて、三人だけだった。

店を休んで、桜はずっと竹の側にいた。

すると、浄泉がまた霊水の入った徳利を持ってきて、

「少しは良くなったかしらね」

と竹自身に問いかけるように言った。だが、竹が答えることはなかった。

「お姉さんも、ずっとこの調子だと大変でしょうから、うちの寺男にでも任せましょう。どうぞ、少しでもお休み下さい」

「いえ、大変なのは妹の方ですから……」

「『立花屋』さんからも聞きました。古いお知り合いらしいですね」

「知り合い……ええ、まあ……」

「琳右衛門さんも何とかしたいそうです。でも、あなたの体のことも案じてましたよ。さ、うちの者に代わらせましょう」

親切そうに浄泉は言ったが、桜はふと疑問をぶつけた。

「どうして、尼寺に男衆がいるのですか」

「えっ……ああ、寺男のことですか」

桜が頷くと、浄泉は首を横に振りながら、

「誤解されているようですが、ここは尼寺ではありません。私が住職として入っただけのことで、寺男たちは前からいるのです」

と言った。

桜が肩透かしを食らったような顔をしていると、浄泉は続けて言った。

「あの者たちは元々、身寄りのいない者だそうです。前の住職の元で修行をしていたようですが、今はこうして……一番年上が伊之吉（いのきち）、もう四十近くになるそうです。その下に、源太（げんた）と友三（ともぞう）がいて、一生懸命、ああして働いてくれてます」

「そうでしたか……」

「ですから、安心して任せて下さい」

と言いながら、浄泉は霊水をもう一度、竹に飲ませた。すると今度は、ピクリと瞼（まぶた）が動いて、竹は唇も自ら開けようとした。

「うう……」

竹の意識が少し戻りそうになったが、桜が思わず体を揺すると、また静かに眠るように力が抜けてしまった。

「――竹……ねえ、竹……起きて」

桜が懸命に声をかけるのを見て、浄泉は大丈夫だと微笑みながら、

「月光菩薩様の霊水です。必ず良くなります。焦らず、ゆっくり……だから、お姉さんも決して無理をなさらぬように」

浄泉の微笑みに、桜の顔にも希望の笑みが零れた。

「ありがとうございます……ありがとうございます……」

思わず手を合わせる桜であった。

四

その頃、梅は、浅草観音堂近くの町医者を訪ねていた。

丁度、『丹後屋』という太物問屋組合の肝煎りがいた。亡くなった油問屋『淡島屋』と一緒に吉原に繰り出そうとしていた男だ。大門に至る前に火事に巻き込まれ、息ができなくなって死ぬ思いだったという。

梅がそのときの様子を改めて訊くと、

「そりゃもう、酷いもんだったよ……ゴホゴホ……まだ胸が痛くて、先生に診て貰っているんですけど……」

なかなか改善しないという。

「料亭『千登勢』はうちの近くにあるのですが、問屋組合肝煎りの寄合の帰りだとか」

「ええ。私は症状が軽くて済んだけれども、油問屋の『淡島屋』さんが亡くなり、その後も一緒にいた材木問屋の『日向屋』さんも悪くなって、亡くなったそうですよ……他にも大変なことになってる人たちが多いそうですね」

「そのとき、何か変わったことはありませんでしたか」

「変わったことって、こんな目に遭ったこと自体が……」

と言いかけた『丹後屋』が思い出したように眉間に皺を寄せて目を閉じた。

「そういや、変な奴を見かけたなあ」

「変な奴……」

「火の見櫓の上に人がいたんだ。吉原大門の外にある〝見返り柳〟の近くの……顔は分からないけれど、頰被りをしてて風呂敷みたいなのを振っていたような」

「風呂敷……」

「何か合図を送っているようにも見えた。そしたら、例の雑貨店辺りから俄に煙が上がって、あっという間に火の手が……」

『丹後屋』の話では、その火の見櫓は吉原の火事を見張るものらしいが、他の町のよ

りも低い。男だと思うが、頬被りの男はほこりでもはたくように風呂敷を広げていたという。その話を聞いて、梅はなぜか、

――きぬぎぬのうしろ髪ひく柳かな。

という川柳を思い出した。

遊郭での出来事を思い出して、思わず大門を振り返ってしまう男の心情を詠んだものだが、〝見返り柳〟のことを表したものだ。その場所に意味があるのかと、梅は感じて、

「もしかして、『丹後屋』さんがその場に行くことを知っていた人に心当たりはありませんか？　『淡島屋』と『日向屋』さんも一緒に行ってたのですよね」

「ええ……まさか、おまえさん……私たちが狙われたとでも言いたいのかね」

不安が込み上げた『丹後屋』は気味悪げに、梅の顔を見つめた。

「そうかもしれません。今の話は、町方同心か岡っ引の親分にでも話しておいた方がいいと思いますよ」

「町方に……」

「私からも伝えておきますね」

急ぐように町医者の診療所から立ち去る梅の姿を――路地からじっと見張っていた男がいた。月覚寺の寺男の源太である。

むろん、梅は気づいておらず、呉服橋門内の北町奉行所まで出向いて、加納を呼び出して貰った。表門まで出てきた加納は舞い上がって、声を裏返しながら、

「こ、これは……う、梅ちゃん……いえ、梅さん……これは夢ではないだろうな」

「おふざけはいいから、話を聞いて下さいな」

「も、も……もちろん……では、その辺りで、茶でも飲みますか……あ、それとも蕎麦でも食べますか、丁度、昼餉時だし……」

必死に言っているのがよく分かる。飲めない酒に酔っ払って悪態をつくよりもマシだが、同じ人間とは見えない。

「歩きながらにしましょう。今から、一緒に行って貰いたい所があるの」

「何処ですか」

「ついてくれば分かります」

梅と並んで歩きながら、加納は四方山話でも楽しもうとしていたが、

「殺しだと思うんだ」

と唐突に言われ、一瞬、何のことか分からなかった。

「ふたり亡くなったんだよ。油問屋『淡島屋』、材木問屋『日向屋』……これは単なる偶然だと思えないのよね」

太物問屋『丹後屋』が話したことを伝えて、他にも被害者がいるのだから、原因を

直ちに探るべきだと進言した。町奉行所も当然、何らかの毒によるものだと推察して、火事になった雑貨店を改めて調べているという。

だが、雑貨店の主人は、それらしきものはないという。普段使う箒や手拭い、桶、茶碗や箸、湯呑み、団扇、竹細工や陶器、履き物などがあるくらいで、燃えて毒になるようなものなど置いていない。奉行所でも調べてみたが、毒になると断定できるものは何もなかった。

梅は、桜に話した朝吉という男の子のことや、浄泉に対する恨みを抱いていたことも伝えて、今度の事件との関わりを調べるようにと念を押した。

そんな話をしているうちに、日本堤の吉原大門近くまで来た。

「あの火の見櫓……」

梅は先刻、聞いたばかりの話をしてから、そのときの風向きとか、火事の広がり具合などを見立てて、

「もしかしたら、狙いは吉原だったのじゃないかしら」

「吉原……」

「ええ。組合肝煎りのふたりが死んだから、無差別に見せかけながら、その人たちを狙ったと考えたんだけれど、それならば直に狙ってもいいわよね」

「ああ……」

「でも、吉原自体に何か恨みがあって、毒を撒いたかもしれないって……あの夜は、丁度、吉原の方が風下だったから」

「うむ、そうだった」

「だから、その日を選んだのかもしれない。火の見櫓の上にいた人を見つけ出せば、狙いも分かるんじゃないかしら」

想像を交えながら話す梅の横顔を、加納は見つめながら、

「――どんなときでも、綺麗だね……」

と呟いた。

「真面目に話しているんだけど。だって、姉ちゃんから聞いたけど、竹が倒れたのを見つけたとき、加納さんはこの辺りに何かの探索に来てて、『やはり、やりやがったか』って言ったとか……何を調べてたの」

「いや、それは……」

言えないとばかりに口をつぐんだ。その加納の態度に、梅はカチンときて、

「大事な妹の竹も被害にあったのよ。私たちには話してくれてもいいと思うけど。一体、何があったのッ」

「それは……」

加納は言いかけたが、探索上の秘密でもあるのであろうか、やはり何も言わなかっ

た。それでも梅は強く迫った。

「ハッキリしてよ。男らしく」

「いや、しかし……」

「分かったわ……やはり、あなたは役立たずの同心みたいね」

「ちょ、ちょっと梅さん……」

困り顔になった加納から、もう梅は数歩離れており、腹を立てたように小走りで元来た道を戻っていった。

「──気が短いなあ、まったく……でも、あの怒った顔が、またたまらんなあ」

鼻の下を伸ばして加納は見送っていたが、俄にキリッとなって火の見櫓を仰いで、その梯子を登り始めた。

高い所は少々苦手だった。わずか四間ほどの高さだが手摺りが低く、間違って落ちそうな感じがした。だが、見晴らしは思っていたよりも絶景で、浅草の町並みから隅田川、そして眼下の吉原が手に取るように分かる。

ここで風呂敷のようなものを広げていたら、夜とはいえ、目立って仕方がないだろうと加納は思った。火事の雑貨店はほとんど真下に見える。

「そいつは一体、何を見てたんだろうな」

浅草から繋がる道や日本堤、堀川なども月明かりでよく見えたことだろう。月覚寺の方に向かっている梅の後ろ姿も見えた。

「──月覚寺……浄泉……」

しばらく眺めていた加納は、何か閃いたのか、急いで梯子を下りようとして手を滑らせ、危うく落ちそうになった。

加納はその足で、新鳥越町にある町火消十番組「り組」に向かった。浅草町、橋場町、山谷町、東禅寺、不動院門前、そして吉原などを縄張りにしている。

入り口に入ると、纏である大蛇の目三方が立てかけられており、門十字つなぎ模様の半纏を着た組頭が出てきた。この前の火事の折、陣頭指揮を執って消火した、立派な体躯の江戸っ子らしい顔つきの男である。

火の見櫓の上にいた頬被りのことを訊くと、

「へえ。たしかにあのとき、誰かがいたのを見たような気もしますがね、それどころじゃなかった。それに……」

「それに……？」

「あの火の見櫓には番小屋がないから、火事にあった雑貨店を番小屋代わりにしてたんでさ。旦那、知りやせんでしたか」

「火事の後に聞いたが、雑貨店の主人が登ったわけじゃない」

「だとすりゃ、吉原大門の面番所か四郎兵衛番所の番人かもしれやせん……それがどうかしたんですかい」

「うむ……そいつが火事に関わっているかもしれないのだ。大勢の人を苦しめてる毒のこともな……」

「毒といや、うちの若い衆も数人、火事のときにかなり胸をやられやしたが、ありゃ何かの黴毒(かびどく)じゃありやせんかね」

「黴毒……」

「そんな話を、かかりつけの町医者が言ってやした。火事との関わりは分かりやせんがね、あっしも気になっていたんでさ」

「やはり、狙いは……」

加納の表情が、いつになく険しさを増してきた。

五

月覚寺の庫裏の一室では、相変わらず、竹が眠ったままだったが、梅が来て懸命に声をかけていると、ゆっくりと目が開いた。

「竹……分かる⁉ 私だよ」

傍らで見ていた桜も、ハッと表情が明るくなった。

起き上がろうとする竹を、梅が支えた。

「梅姉ちゃん……桜姉ちゃんも……私はどうして……ここは何処なの？」

ふたりの姉が目を潤ませて、竹を抱きしめた。

「良かった……本当に良かった……」

「痛いよ、ふたりとも……どうしたの。私に何があったの」

不思議がる竹に、桜が優しく、

「それだけ話せれば充分。体の調子はどう。気分悪い。胸に痛みとかある？」

「ちょっと体の節々が痛くて、だるいけれど……なんか長い夢を見てた」

「そりゃ見るでしょうよ。ずっと眠ってたんだもの」

桜が頭を撫でると、梅も背中をさすりながら、

「そういや、この子、三つくらいのとき、風邪を拗らせた後、死んだみたいに二、三日、ずっと寝てたことあったね」

「そうそう。あの時のお父っつぁんの慌てぶりったらなかった。おっ母さんの方がドッシリ構えててさ、そうやって狼狽するのは、日頃から信心が足らないからです。いつも心を清らかにして落ち着かせていれば、百難恐れるに足らずって言ってた」

「ほんと、イザとなったら、男って頼りにならないからねえ」

「そのとおりッ」

目が覚めた竹を囲んで、三姉妹が図らずも思い出話をしていると、竹も笑って、

「そういや、夢の中に、お父っつぁんとおっ母さんが出てきて、櫓(やぐら)の上で『おいで、おいで』って手招きしているの」

「櫓の上……？」

「私も死ぬのかなって……でも、三途(さんず)の渡しって川じゃない。櫓の上って……でも、極楽なら空の上か……」

その話に梅が食いついて、

「夢じゃないかもよ。竹……あんた、どうして〝子守り長屋〟に預かってる子供を置いて、火事見物に行ったの？」

「えっ……」

「竹には野次馬根性はないから、もしかして何か見たんじゃない。火事ではなくて、何か大事なことを」

「大事なこと……」

竹は頭痛がしたのか、こめかみの辺りを押さえた。桜は、まだそれ以上のことは聞かない方がいい。せっかく目覚めたのだから、しばらく落ち着かせようと言った。

そこへ、浄泉が来た。手には徳利を持っているが、この前の白いのではなく、朱色がかったものであった。

「良かった。目が覚めたのですね……三人揃って楽しそうですね。ほんに、よかった」

「浄泉様……」

桜は深々と頭を下げたが、梅は上目遣いで射るように見ていた。浄泉もその視線を感じていたが、澱みのない微笑みで、

「みなさん、深い信心があるからですよ……竹さん、良かったね。さ、これを飲んで、もっと元気になりましょうね。月光菩薩様のお陰で、もっともっと良くなりますよ」

浄泉が湯吞みに注ごうとしたが、梅の方がそれを断って、

「後は、私たちが家に連れて帰ってから面倒を見ます。ありがとうございました」

と言った。

御礼を言っているというより、明らかに拒否している態度だった。桜は申し訳なさそうに「梅はこういう気質なので、ご勘弁下さい」と言葉を濁したが、梅は声は小さいものの、ハッキリした口調で言った。

「人殺し……あなたはヒトゴロシ」

あの朝吉が言ったことと同じふうに、梅が洩らすと、桜はとっさに謝った。だが、浄泉は顔色ひとつ変えず、

「御仏は決して人は殺しません。私も御仏に仕える身です。妹さんがこのようなこと

があって、動揺しているのですね。いつでも、御仏に縋りに来て下さい」と穏やかに言うと、軽く礼をして別の被災者の方に歩いていくのだった。

その日——。

『おたふく』に帰ってから、桜は粥を作り、竹に食べさせてやった。美味しそうに食べているのを、梅も安堵して眺めている。その梅に向かって、桜が訊いた。

「どうして、あんなことを言ったの、浄泉様に……朝吉って子のこと信じてるの？」

「まあね。色々と調べてみたら、どうも怪しいのよ、あの尼さん。そもそも素性が分からないし、月覚寺だって、あの尼さんが来るまでは破れ寺同然で、誰もいなかったからね」

「えっ……でも、寺男を引き取って、住職を任されたって……」

「姉ちゃん、そうやって、すぐ人を信じるから。そんなこと寺社方で調べれば、すぐに分かることでしょ」

「あなたが疑い過ぎなの。それに、こうして霊水で治してくれた。やはり、浄泉様には神通力があると思うのよ」

「まさか。その霊水に何かあるんだよ」

「何かって……事実、こうして竹も良くなった。他にも大勢の人たちがね。人助けをする人が、あなたが考えてるように、毒を撒くっていうの」

まだ浄泉を信じようとしている桜に、梅は事実をハッキリと述べた。

「小石川養生所や町医者に担ぎ込まれた人たちはあまり治っていない。死んだ人もいる。なのに月覚寺では次々と良くなっている。そこが引っ掛かるのよね。姉ちゃん、そう思わない？」

「月覚寺でも悪化した人もいるし、勘繰り過ぎじゃないの。やはり、火事のせいで、たまさか起こったのじゃないかな」

「そうは思えないわ。これね……」

梅は袖の中に仕舞っていた小さな絵図面を広げて見せた。浅草寺裏から吉原辺りまで、丁度、町火消十番組「り組」の縄張りが描かれたものだった。

「あなたが描いたの、梅……さすが、歌麿の娘、才覚ありね」

「これくらい姉ちゃんでも描けるでしょ。一番上手なのは、竹……絵心もあるしね。そんなことより、毒は何者かが……」

梅は絵図面を指しながら、

「風呂敷を振っていた男……この〝見返り柳〟の所の火の見櫓から撒いたんじゃないかって思うんだ。丁度、その刻限は大川(おおかわ)から、川風が吹いている。海からの風と相まって、丁度、この辺りで、人がバタバタと倒れたみたいなの」

絵地図に見入る桜の横に座って、竹も凝視しながら聞いていた。

「中でも重い症状で苦しんでいるのが、吉原大門手前のこの辺りにいた、あの問屋組合肝煎りの旦那衆なのよ……その中で、ふたりが死んだ」

「やはり偶然だとは思ってないのね」

「ええ。狙いはその肝煎りたちにあった……私はそう睨んでるわ」

喉に手を当てながら藻掻き苦しむ旦那衆の姿を、ふたりは思い浮かべた。

「だとして、何のために……『淡島屋』さんたちに恨みがあるってこと？」

「だとしか思えない。今頃、きっと福ちゃんも調べてると思うよ」

「えっ……？」

「あの人、ああ見えて、けっこう骨がある人かもね」

梅が褒めると、桜は微笑んで、

「もしかして、あなた、福ちゃんのことお気に入りになったのかしら」

「馬鹿なことを言わないで。向こうが私をお気に入りなの」

「おやおや。梅はいつも冷静ね」

そのとき、絵地図を見ていた竹が、「そうだ！」と声を上げた。

「なに？」

振り向く桜と梅に、竹は火事の夜のことを俄に思い出したように話した。

「私ね。火事だあって、〝子守り長屋〟の誰かが叫んだので表に出てみたら、空が真っ赤になっているので、吃驚した。激しく咳き込んでいる人たちが逃げてきてた。何事だろうと思って木戸口の所に立ってたら、怪しい人影を見たんだ」

「怪しい人影……」

「うん。男がふたりいた。駆けて来ながら、『うまくいきそうか』『奴らは大門近くにいるはずだ』『おまえも巻き込まれねえように気をつけろよ』みたいな声が洩れ聞こえたの。ほら私の耳は千里先の声も聞こえるから」

「あんたねえ……まあ、いいや、それから？」

梅が問い質すと、竹は急に不安そうな顔に戻って答えた。

「すぐに私、追いかけたんだ。そしたら、この火の見櫓の上に誰か人がいて、今、梅姉ちゃんが言ってたように、風呂敷を……」

「見たんだね」

「おかしいと思って駆け寄ろうとしたら、私も息が苦しくなって、後のことは……」

「ふたりの男たちの顔は覚えているかい」

「暗くてよく見えなかった。でも、走り方は独特で……そうね、忍びのように、あまり頭が揺れなくて、歩幅が短くて速い動き」

「ふうん……なんとなく見えて来たわね……」

梅の目が燦めくと、何か察したのか、桜の表情にも緊張の色が広がってきた。

六

月覚寺に御礼方々、お布施を持参した桜を、浄泉は快く迎え入れた。竹はすっかり調子が良くなって、すぐにでも店に出ることができると伝え、自分も炊き出しや介助などの手伝いができないかと申し出た。

浄泉は竹の快復を喜んで、遠慮しながらも寄付を受け取った。

「ところで、浄泉様……『立花屋』琳右衛門さんは、私の古い知り合いなのですが、浄泉様とはどのような……」

「檀家のひとりとして、このような折にもよく寄贈して下さいます」

「正助さん…… いえ、琳右衛門さんは何か病気のとき、浄泉様に助けられた、恩人だと話してましたが」

「恩人などと……こちらが世話になってばかりですよ。あなたのことも聞いております。ですから、なんとか力になりたいと」

と答えながらも、正助の話は避けたいような感じだった。

「私のこと……どんなふうに話してましたでしょうか」

「深入りするのは野暮ってものでしょ」

軽く微笑んだ浄泉は、まだ本堂に居残っている人たちの方へ様子伺いに行こうとした。そこへ、商家の内儀風の女が庭から近づいてきて、

「浄泉様……米穀問屋の『土佐屋』でございます。うちの人は、大丈夫なのでしょうか。他の人で治っているのはおりますが、『淡島屋』さんや『日向屋』さんのようになってしまうのでしょうか」

と不安が極まったように訴えた。何日も眠っていないのか顔は青ざめて、髪も乱れたままであった。

「こちらに、いらっしゃい」

内儀の様子を見て、浄泉は自分の部屋に招いた。そこにも祭壇があって、小さな月光菩薩が祀られており、花や蠟燭が飾られていた。傍らには、伊之吉が控えていた。

浄泉は内儀に向かって、穏やかな口調で言った。

「治った方々は、みなさん信心深い人でした」

「うちの主人も信心深いのです。これからも信心いたします。浄泉様もずっと頼りにしています。遅くなりましたが、どうか、これで……お布施でございます」

桐箱に詰めた封印小判を、内儀は渡した。すると伊之吉が口を挟んだ。

「これ。浄財を渡せばよいというものではない。浄泉様がおっしゃっているのは、信心だ。心得違いをしてはならない」

「で、でも……お願いでございます。お金なら人の何倍も払います。ですから、主人をどうか助けて下さい。足りなければ、幾らでも持参致します」

切羽詰まった顔で言う内儀に、伊之吉は仕方がないという態度で、

「心の底から信心しますな」

「はい。もちろんで、ございます」

内儀は手を合わせて必死に頷いた。まるで何かに取り憑かれたようであった。すると、浄泉は相変わらず穏やかな表情で、

「ひたすら御仏の慈悲に縋ればよいのです。これは仏の慈悲がこもった霊水です。さあ、ご主人に飲ませてあげなさい」

と傍らの白い徳利を渡して、月光菩薩に向かって何やら呪文を唱え始めた。

そんな様子を――。

渡り廊下から、桜が窺っていた。その目は訝しげに燦めいていた。

何かを感じて踵を返すと、目の前に、いつ来たのか、正助が立っていた。

「吃驚した……正助さん……どうして」

「桜こそ、どうしたんだ。そんな驚いた顔をして……俺は、竹ちゃんを見舞いに……」

言いかけた正助の口元に指を立て、腕を取ると、そのまま寺から連れて出ていった。

そして浅草寺の境内を歩きながら、

「正助さんは、浄泉さんのお寺に寄進しているというけれど、どう思う？」

と桜が訊くと、正助は首を傾げた。

「え、何をだい」

「霊水のことよ。医学を学んだのでしょ。私は、どうしても信じられないの」

「学んだと言ってもな……けど、竹ちゃんが良くなったのなら効き目があるのだろう。それで、いいじゃないか」

「さっきも浄泉様は、沢山のお布施を貰っていた。その代わりに、霊水を渡していた」

桜は目の前で行われたやりとりを話して、

「浄泉様は、金を寄越せとは決して言わない。でも、命がどうにかなろうって人なら、なんとかしたくなるってものでしょ」

「まあ、そうだが……亭主が助かるなら金を出すだろう」

「竹が治ったのも霊水のお陰かもしれないけれど、私はあんなにお金を払っていない。もしかして、正助さんが代わりに……」

桜が迫るように見つめたが、正助ははぐらかすように、

「なんで、そんなに気になるんだい」

「霊水はもうひとつあるの。赤っぽい徳利に入っているのは、毒かもしれないの」

「ええ……？」

信じられないという顔で、正助は首を横に振った。

「なぜ、そう思うかというと、実は竹も飲まされそうになったのだけれど、梅が勘働いたのか止めたの。私、実は帰りがけに、別の赤っぽい徳利をこっそり持ち帰って、生け簀に入れたら魚が死んだの。だから、知り合いの医者や薬種問屋に調べて貰ってる」

「……」

「つまり、浄泉さんは、毒と薬、両方を持っているよう。毒を撒く一方で、霊力に見せかけて、解毒剤で人々を助けていた」

「何のために」

「お金儲けのためよ」

「――おかしいよ、桜……まるで浄泉様が人殺しみたいな言い草してる」

「かもしれないの……信心もいいけれど、あなたと一緒にいた問屋組合の肝煎りがふたりも亡くなってる。下手したら、あなたも狙われたかもしれない」

「狙われる？　俺が……誰からも恨みなんか買われてないけどな」

「そうかもしれないけど、気をつけてて……」

桜は、正助の羽織の紐が解けかけているのに気づいて、結び直してやる。胸に寄り添うような様子は、遠くから見ると恋仲のふたりのようだった。

だが、桜はチラリと楊枝屋の方を見た。楊枝屋も浅草の参道には幾つかあって、水茶屋同様に、客寄せのために人気の娘がいた。その客を装って、正助と桜を尾けてきているのは――寺男の友三だった。

「ほら……月覚寺の……昨日は、梅が別の寺男に見張られていたわ……気づいてたけど、知らん顔してたんだって」

「……」

正助が楊枝屋の方を振り返ると、看板娘が勘違いをして、小さく手を振った。友三は素知らぬ顔で、裏手の通りに入った。

「桜……おまえは、すっかり変わったな……」

「えっ……」

「まるで、お上の手先になって探索でもしてるみたいだ」

「ううん。私はただ竹が巻き込まれた、この一件が気になって……」

「あまり深入りしない方がいい。なんだか知らないが、嫌な予感がする。桜に何かあったら、俺は……」

「――俺は……？」

「とにかく、お上に任せて、余計なことはするな。俺も浄泉様のことは、ちょっと調べてみるよ。肝煎り仲間が死んだしな」

気遣うように言う正助に、桜は黙って頷いていた。

一方、梅は——ずっと尾けて来ている源太に気づいていたが、ひょいと路地に逃げ込むように入った。すると、源太も素早く駆け込んだ。そこには、梅が立っていて、

「あのさ……迷惑だから、私と遊びたいのなら店に来てくれない？　浅草の水茶屋『おたふく』……知ってるわよね」

「い、いや……」

「そんなはずないじゃない。だって、あんた月覚寺の寺男でしょ」

源太は何も答えなかったが、梅は居丈高な態度で続けた。

「それとも、正直に話す？」

梅が目配せをすると、加納が十手を片手に通りから近づいてきた。

「ちょいと話を聞かせて貰おうかな」

「俺は別に……綺麗なお姉さんがいたので、ちょいと気になっただけで……」

「その話じゃない。毒のことだよ」

加納が十手を突きつけると、俄に源太は誤魔化すように、

「何のことだい……」

「浄泉に頼まれて、毒をばらまいただろ」

「顔は割れてるんだよ。おまえが火の見櫓の上で風呂敷を振り廻していたのは、何人もの奴が見てたんだ」

「——し、知らねえよ」

「知らないなら、知らないでいいから、ちょいと番所まで来て貰おうか。ふたりの人間が死んで、重篤な者も数人いる」

源太は逃げようとしたが、後ろからは、若い岡っ引が迫ってきていた。加納はさらに十手を突きつけて、

「毒消しを持ってるなら出せ。浄泉の霊力はイカサマだと証言し、ばらまいた毒で苦しんでいる人を、毒消しで助けろ」

「言ってることがサッパリ分からん」

「誰とは言わぬがな、『うまくいきそうか』『奴らは大門近くにいるはずだ』『おまえも巻き込まれねえように気をつけろよ』などと話しているのを聞いた者もいるんだ……それは伊之吉と友三だった」

「ええっ——！」

あまりにも吃驚した源太の顔を見て、加納はニンマリと笑って、

「図星かい」

「！……」

「しゃらくせえ！　てめえらも、ぶっ殺してやらあ！」

懐から匕首を抜き払って加納に突っかかろうとしたが、背後から半次が十手を打ちつけ、その場に組み伏した。

「放せ。放しやがれ！」

必死に抗おうとしたが、岡っ引が猿轡を嚙ませて、さらに縄を掛けるのであった。

梅は冷ややかな目で、「人殺し……」と呟いた。

七

日本橋は新場橋近く、新右衛門町に銅問屋『立花屋』はあった。ふつうの商売とは違うため、出入りの商人は少なかったが、職人風が仕事の材料などを求めに来ていた。利根川の前島河岸から花輪や亀岡など幾つかの継場を経て、浅草の幕府御用蔵に納められたものを請け負って、銅問屋は商いをしていた。一見地味な感じがするが、裕福な者が多かった。

その割には殺風景な室内で、帳場には番頭がいて、手代は若いのが三人ばかり働いていた。若い内儀が手代らに茶を運んできたが、背中にはまだ一歳くらいの赤ん坊を背負っており、あやしながら接客もしていた。

「御免下さい……」

　と桜が店に入ってくるなり、番頭がハッという顔で見た。同時に、若い内儀も振り返って、吃驚したような顔になった。

「何か……」

「あ、いえ……あまりにも綺麗なので、女の私でも驚きました」

「あら、嬉しい。でも、お内儀さんこそ、お美しいし、赤ちゃんも可愛い」

　桜は赤ん坊に笑いかけてから、

「ご主人の琳右衛門さんはいらっしゃいますか。私は浅草の『おたふく』という……」

　と名乗ると、お内儀の表情が曇った。店や家に、水茶屋の女将が来ると、あまりいい気分はしないであろう。

「ええと今……」

　番頭が出かけていると答えようとすると、琳右衛門が帰ってきた。桜を見るなり、動揺した顔になって、

「――どうして、ここへ……」

「ごめんなさいましね。この前の御礼を言おうと思って」

「店じゃなんだ……中に入りなさい」

　少し腹を立てたような言い草で、琳右衛門は桜を奥の座敷に上がらせた。

心配そうにお内儀は見ていたが、胸が締めつけられるような表情になるのを、番頭も心配そうに見ていた。

裏には長屋はなく、小屋が並んでいた。

「あれは……？」

「銅を細工する工房だよ。多くの大店は長屋にして、町人に貸して家賃を取ってるがね、うちは商売柄、それができない」

「どうして？」

「だから、鍛冶場で多少は細工をしなければならない。仕入れて売るだけではないんだよ……それより、何のつもりだ」

苛ついている琳右衛門に、桜は穏やかな声で、

「お内儀と赤ちゃんのために、本当のことを話して欲しいの……御番所で」

「えっ……！」

明らかに目が泳いだのを見逃さず、桜はじっと見つめ返した。

「もうすぐ、北町同心が寺社奉行の許しを得て、月覚寺を調べると思う」

「何の話をしているのだい」

「寺男の源太は、あなたの仲間よね……町方に捕まって、すべて話したそうよ」

「だから、何の話だい」

「正直に言って……正助さんは悪事に手を染めるような人じゃないはず」

迫るように言うと、正助はいきなり桜の手を握りしめた。

「――水茶屋なんかやって、あまり幸せじゃないみたいだな、桜……」

「いいえ。とても充実した毎日よ」

「そうかな……人の暮らしを覗き込んだり、人の懐に手を忍ばせるような真似をして、心が荒んでいるように見える」

「……」

「本気で惚れた男のひとりやふたり、いないのか……いないから、俺にこうして関ってきているのかな。でも、この手は、あの頃とちっとも変わっていない……」

「あの頃……」

桜と正助は、ふたりして遠い昔を懐かしむ目になった。

「ああ。俺がまだ普請請負問屋の小僧だった頃だよ……近所に住んでたおまえは、お父っつぁんが二代目・歌麿とやらで、結構な暮らしぶりだったが、俺は親に捨てられて、酷い主人と女将に毎日、絞られて地獄のようだった」

――雑巾がけをしている小僧の正助の前に、主人が立ちはだかるようにして、

『鈍臭いガキだねえ、まったく。さっさとしねえか』

と怒鳴りつけた。

正助が睨み上げると、主人はさらに怒声を浴びせながら蹴った。

『なんだ、その目は。ご主人様を見る目か、こらッ。誰のお陰で飯が食えてると思ってんだ。貧乏百姓の小倅（こせがれ）のくせに』

そこに、店の表から、箒を持ったまだ十二、三の小娘の桜が駆け込んできて、

『正助兄ちゃんをいじめるんじゃない。この馬鹿！　クソ爺イ！』

と凄い剣幕で叩き始めた。正助には実の兄のように可愛がられていたからだ。

子供のやることだから、大したことはないが、主人は桜を突き飛ばした。それに頭に来た正助は、主人を蹴飛ばして倒し、馬乗りになって何度も何度も顔面を殴りつけた。

すぐに正助は店を飛び出して、雨の中をどんどん走って逃げた。

とっさに追いかけた桜は、背中から抱きついて、

『何処行くの。私も一緒に行く。置いていかないでよ』

『バカを言うな。俺はこんな所、もう嫌だ。金持ちになって、あんな奴ら見返してやるんだ。顎で使ってやるんだ！』

『駄目だよ。私はどうなるの』

『おまえには、親兄弟がいるじゃないか。俺なんかと遊ばなくてもいいんだよ。でも、待ってろ。必ず迎えに来てやるから。違う俺になって、おまえに会いに来るから』

そのまま走り去る正助は、雨飛沫（あめしぶき）の中に消えた。桜は追いかけようとしたが、水溜

まりに足を取られて、転んでしまった。

「──あのとき、私、『待ってえ』って思い切り叫んだのよ……本気で待ってた」

桜は縁側で背中を向ける正助に言った。

「約束どおり、正助さん……帰って来てくれた。迎えに来てくれた……そのときは、大人びてて、何処かのお武家様の中間をしている間に気に入られたとかで、長崎に行くって話してくれたわよね……」

「ああ……」

「覚えてる。そのときも言ったのよ。長崎で医者になって、必ず迎えに来るって……」

「まさか、本当に待っていたわけじゃないだろ」

「待ってたよ」

「──昔のことだ……」

「そうね……昔のことね。でも、私はずっと覚えてた」

「……」

「お願いだから、正直に言って……私には何もかも正直に……」

桜はいきなり裏庭に降りて、工房にしているという小屋の扉を開けた。

「おい。何をするんだ、桜……」

構わず中に入った桜を、正助は追いかけてきて、

「やめろ。そこには……」

と止めようとした。

だが、桜は構わず飛び込んだ。目の前の壁には——ズラリと洗濯板のようなものが並んでおり、その上に張りついた綿のような布には、黒黴が張りついている。

異様な臭いがしたので、思わず桜は口を押さえたが、小屋の中には鍛冶場のような所もある。黴毒を作るものであろうか、容器や培養器、分銅の計量器などが所狭しと置かれてあった。

「ここが毒を作る工房だったのね。源太が話したとおりだわ」

「……」

「一味に医学や薬学の知識がある者がいると、奉行所では踏んでいるけれど、毒と薬の両方を作るなんてことができるの？」

桜は泣き出しそうな目で振り返り、

「正助さんがこんな毒を作ってたなんて、思いたくない。考えたくない。だから……」

と言うと、正助の形相がガラリと冷徹なものに変わった。

「——おまえも、うろちょろしていた奴らの仲間なのか……いつから、奉行所の手先になったんだい」

衝撃を受けた桜だが、事実を認めたくないという悲しい表情で、

「毒は作ったとしても、使ったのは、正助さんじゃないわよね。浄泉に利用されていただけなのよね、そうだわよね」

と言ったが、正助は苦笑いをするだけだった。

「再会したとき……あの夜、何が起こるか知ってて、高みの見物だったの？……月覚寺に来てたのも、竹の見舞いじゃなかったのね。浄泉に会いに来てたのね」

「だったら、なんなんだ」

「⁉——」

桜には衝撃だったが、懸命に説得するように言い続けた。

「お願い……悪いことをしてたのなら、奉行所に行って何もかも話して、罪を償って」

「馬鹿か、おまえは。なんで俺が死罪にならなきゃならないんだ」

「正助さん……」

フンと短い溜息をついて、正助は吐き出すように、

「長い旅だった……その旅で大切なことを学んだよ。所詮、世の中は金しだいってことだ。おまえだって、金のために女を使って稼いでるんじゃねえのか」

「——本心なの……？」

まだ救いたいという思いがある桜の目は、悲しい色を帯びていたが、正助の顔には

相手に対する憎悪しかない。

「俺と会ったのが運の尽きだ。余計なことに首を突っ込んだ自分を恨みな」

言うなり正助はいきなり桜を小屋の奥に突き飛ばした。立てかけてあった黴の板にぶつかり、粉末が舞い上がった。桜は「うっ」と鼻を押さえて藻掻いた。さらに、正助はすぐ傍らにあった瓶の液体を顔にかけ、表に飛び出し、扉を閉めて鍵を掛けた。

小屋の中では声も出せずに倒れ、桜が喘(あえ)いでいる様子が分かる。

「成仏しな。浄泉が供養してやる」

呟いて立ち去ろうとすると、その前に子供を背負った女房が立っていた。

「——何をしたの、おまえさん……さっきの人は……」

「裏から帰ったよ。小屋の中は、銅が溶けて鉱毒みたいなものが溜まってるから、入っちゃだめだぞ。俺は助けを連れてくる」

「おまえさん……」

俄に不安が広がる女房の傍らを抜けて、正助はそのまま駆け出していった。

八

月覚寺の本堂には、まだ原因不明の病に罹(かか)ったままの人が数人残っていたが、すでに浄泉の姿はそこにはなかった。

加納は、岡っ引の半次や捕方を従えて乗り込んできたが、庫裏にも裏堂にも境内の何処にも浄泉と寺男ふたりはいない。源太が捕縛されたことを察し、どうやら先手廻しに逃亡を図ったようだった。

「まだ、遠くには行っていないはずだ。この辺りの寺社、町木戸や自身番小屋、川船番所など悉く調べ倒せ」

応援の数も増やさねばならないと判断した加納は、奉行所への使いも走らせた。

だが、夜になっても、浄泉たちの行方は杳として分からず、町奉行所の与力や同心は元より、江戸中の岡っ引や自身番番人、町火消の鳶なども総出で、浄泉たちを捜していた。

浄泉に同行していると思われる『立花屋』琳右衛門こと正助にも、追っ手はかかっていた。しかし、夜が深くなっても何処にも見つからず、町辻の自身番の提灯はついたままであった。まるで江戸市中を取り囲んでいるように、町方役人らがうろついていた。

「何処だ……これだけの数で調べて、逃げられるわけがない」

加納が痺れを切らしたように言うと、半次も疲れ切った様子で、

「妙ですよね。灯台もと暗しって言いますから、まだ浅草の辺りにいるかもしれやせ

ん。寺だけでもかなりありやすから」

「うむ。もう一度、改める必要があるな」

「それにしても旦那……浄泉って尼は一体、何者なんです」

「まだ本当のことは分からぬ。だが、源太が白状したところによると、元々は上州の貧しい寺の娘で、地元の庄屋の女房に収まったらしい。あの若さと美貌だから、ころっと騙されたんだろうよ。だが、亭主を殺して逃げたそうだ」

「ええっ……！」

「お里って名でな、その頃から妙な毒ばかり作って、獣を殺したり、人に試したりしていたって話だ……それが、何処でどう出会ったのか、正助と懇ろになった。が、正助は『立花屋』に入って、いきなり銅問屋組合の肝煎りになって、贅沢三昧をしていたそうだ」

「……」

「霊力に見せかけて、解毒剤を大金にするには、大店の主人を狙うのが手っ取り早い。だが、金持ちだけ病になれば、世間から怪しまれる。だから……」

誰かが火の見櫓の上から、黴毒を撒く姿を加納は思い浮かべた。

「だから、関わりのない人間も巻き込んで、医者には手に負えない病に見せかけた。火事にしたのは、火の見櫓の上に人がいるのが不思議に思われないようにするため。

一石二鳥ってわけだ」

「酷すぎる……」

「それ以前にも、あちこちでやっていた節がある。だが、病の正体は分からずじまい……殺された人たちは黴毒の効き目を試された。そのためだけに死んだ。奴らは何十人もの人たちを苦しめた。万死に値する」

加納はいつもの惚(とぼ)けた顔ではなく、閻魔(えんま)のような面構えになっていた。駒形の半次の顔も、その名のとおり、馬頭観音の怒髪天の如く険しくなっていた。

そんな町方の思いを知ってか知らずか――。

浅草寺の五重塔の最上階に、伊之吉と友三がいた。小さな木箱を抱えている。軒高だけで十八間もある所から、ふたりは格子窓越しに眼下の景色を眺めていた。

自身番の提灯が点在しており、手に取るように江戸の町が浮かんでいる。江戸城の外濠(そとぼり)に点在する大きな門もよく見える。町方役人や町火消たちが、蟻(あり)のように蠢(うごめ)いているようだった。

「捕まれば死罪だ。だったら、役人も江戸中の奴らも、あわよくば上様にも生き地獄を味わわせてやろうじゃねえか」

伊之吉が呟くと、友三はさすがにぶるっと震えて、

「本当にやんのかい……大勢の人が死ぬかもしれねえでやすぜ」

「肝っ玉の小せえ奴だな。びびったのか」

「まさか。武者震いですよ。何百、何千の人間を極楽浄土に送るのは、現世の地獄から救ってやるってえ、浄泉様……つまり月光菩薩様の思し召しですからね」

「ああ、そのとおりだ」

箱を開けようと、伊之吉が身構えたときである。

「毒をばら撒くなら、向こうの窓がいいと思うけどねえ」

という女の涼しい声がした。

ハッと振り返ると、太い心柱の陰から、夜鷹のように手拭いを嚙んだ妖艶な姿の女が現れた。うふふと笑っているのは――変装している梅だった。

「丁度、神田や日本橋が風下だ。大勢の町人が寝ている刻限だから、眠ったままあの世逝き。楽しみだねえ」

「だ、誰でえ……！」

身構える伊之吉と友三に、梅はシナを作りながら言った。

「菩薩よりも偉い如来ってとこですかね。しかも私は阿弥陀如来……三世十方の諸仏の本師、本仏ですからね。衆生よりも先に、おまえさん方を西方浄土に連れてってあげましょう」

「ふざけるなッ。見られたからにはッ！」

と伊之吉が踏み出そうとすると、シュッと足下に鉤付きの縄が飛来して、足首に絡みついて引き倒された。次の瞬間には、宙に逆さ吊りとなって、梁にぶら下げられた。

「うわっ……なんだ、これは……い、痛い……足首が……お、折れる……やめろ」

「自分の体の重みですから、仕方ないですよね。お大事に。ずっと頭を下げてたら、目から血が出るとか。頑張って叫べば、下には沢山、町方がいるから助けに来てくれますよ、たぶん……」

淡々とそう言うと、友三は気味悪げに階下に逃げようとしたが、その足にも縄が絡まって、一階下の床に転落して、打ち所が悪かったのか失神した。

「だ、誰なんだ、おまえは……」

「阿弥陀如来ですから殺生はしません。どうぞ、極楽浄土に行って下さい」

「やめろ。放しやがれ、この野郎！」

声の限りに叫ぶ伊之吉を尻目に、梅は黴毒の入った箱を抱えて、暗闇に姿を消した。

「だ、誰か！　た、助けてくれ！」

その悲痛な叫びを――聞いた町方の誰かが、五重塔の上を仰ぎ見ていた。

その頃、江戸湾に浮かぶ屋形船に――。

浄泉と正助が乗っていた。逃亡のためか、浄泉は頭巾はつけているものの、武家のご新造風の姿になっている。

薄暗い行灯の側で、ふたりは寄り添うように抱き合っている。程良い波の揺れが、男と女の営みのように見える。その心地よさに、浄泉の顔はうっとりとしていた。

開けた障子窓の外は暗い海面だが、遥か遠くには、提灯が蛍のように揺れている。

浄泉はまるで他人事のように、

「衆生の皆様、ご苦労様ですねえ……明日の朝になれば、江戸は大騒ぎだ……うふふ。生き地獄とはまさにこのことかしら」

「探索している町方も、誰も彼もがお陀仏だ……江戸で謎の病が流行って死人が出たと噂になれば、他の土地にいっても、また浄泉様の霊力や験力を発揮できるってもんだ」

「おまえさんもずっと放さないからね、覚悟しなさいよ」

浄泉が色っぽい女の表情になったとき、屋形船の揺れが大きくなって、ふたりは図らずも床に転がった。

「こ、これ、船頭さん……もう少し丁寧に漕いで下さいな」

甘えたような声で浄泉が声をかけると、艫にいる船頭から返事があった。

「申し訳ございやせん。沖合に出ると風や波が大きくなるもので……ところで、おふたりさん、西方浄土はどちらですかね。何処へ漕ぎ出せばよいか、教えて下せえ」

「――なんだと……⁉」

立ちあがった正助が思わず匕首を手にして、艫に向かう障子戸をサッと開けると、いきなり粉のようなものを顔に吹っかけられた。そして、黴毒の入った箱が床に投げつけられた。

「あっ……これは……！」

「へえ。『立花屋』さんの小屋で作られたものです」

「うわっ……な、なにしやがるッ」

正助は思わず口に手をあてがいながら、浄泉の方に逃げた。

追って入ってきたのは、船頭に扮した新八であった。さらに柄杓のようなもので、粉末を船室内に振りまいて、

「今頃は、江戸中の人々がこれを吸ってるんでやしょ？　だったら、おふたりさんもご一緒に、さあさ遠慮なさらず、どうぞ」

と続けた。

転がるように片隅にある白い徳利を握りしめて栓を抜くと、正助はゴクゴクと呷って、浄泉にも手渡した。震えながら、浄泉も必死に飲んだが、冷ややかに見ていた新八は、

「うめえでしょ。ただの水ですぜ」

「⁉――」

「お、おまえ……何者だッ」

「へえ、さしずめ三途の川の渡し船の……って言いたいけれど、ただの水茶屋の下男でさ。御用があるのは……」

新八が言うと、艫から、今ひとりの人影が入ってきた。身軽そうな、まるで忍びのような装束だが、その顔は――桜だった。

「さ、桜……！」

正助は驚きのあまり喉がゴクリと鳴った。

「――おまえは、俺の店の小屋で……」

「お内儀が開けてくれましたよ……でもね、その前から、あなたは見張られてましたよ。素直に、恐れながらと奉行所に行ってくれると思ってましたのに」

「何をする気だ、桜……」

「偉くなって、金持ちになって世間を見返してやるってのは結構ですけれどね……せっかくの医学や舎密学を人殺しに使うとは、悲しすぎます」

桜がスッと小太刀を抜き払うと、正助は浄泉を盾(たて)にするように押しやって、

「こいつだよ、悪いのは。俺は利用されただけなんだッ。言うこと聞かないと、女房子供を殺すって脅すから仕方なく……わ、分かるだろう、桜……俺はそんな人間じゃ

と必死に命乞いをするように言った。

浄泉の方も尼僧のときのような冷静沈着な姿ではなく、正助を詰るように、

「何を言ってるんだい。この話を持ちかけてきたのは、そっちじゃないか。私はこんな乱暴なやり方は嫌だったんだよ」

「うるせえ、くそ女！」

「でも、言いなりにならないと、昔のことをバラすって……私こそ弄ばれたんだ」

みっともないくらい、ふたりはお互いを罵り合ったが、苦しくなったのか、胸や喉をかきむしりながら、

「なんてことをしたんだ……桜……てめえ……こんちくしょう……」

「あなたも、死んだ人や竹と同じ苦しみを味わうことね。あとみっつ数える間に、ふたりして極楽浄土に行けるわよ」

「——た、助けてくれ……さ、桜……金なら幾らでもある。そこにある。頼む……」

喘ぎながら正助と浄泉は、重なり合うようにして、その場に倒れ伏した。

翌朝——。

屋形船は芝浜の沖に浮かんでいるのを、船手奉行の御用船によって見つかった。

ふたりはただ眠り薬で寝ていただけだが、目が覚めたときには、頭が混乱して訳の

分からないことを叫びながら、加納たち町方同心に捕縛された。すでに奉行所に連れて行かれていた伊之吉と友三とともに、厳しく尋問されるであろう。

とんでもない黴毒による〝無差別殺人〟は回避することができたが、桜の気持ちはあまり整理がついていなかった。

今日も『おたふく』には変わらず、大勢の旦那衆の客が来ていたが、浅草寺裏で起きた謎の病の話で持ちきりだった。中には、問屋組合肝煎りの寄合に出ていた者もいたが、

――亡くなった油問屋『淡島屋』と材木問屋『日向屋』、そして、なんとか容態を持ち直した米穀問屋『土佐屋』は、それぞれ利権を放そうとしない評判の悪い問屋で、『立花屋』が〝暗殺〟したのではないか。

というようなまことしやかな風聞まで流れていた。

「桜姉ちゃん……もし、私が死んでたら、どうしてた？」

竹が寂しそうな目で訊くと、桜はいつになく辛そうな顔で、

「縁起でもないこと言わないでよ」

「町奉行所に捕まって、刑場送りになった『立花屋』琳右衛門……姉ちゃんの初恋の人っていいっていいの？」

「違うわよ……」

「あの人ね、私が眠っているときに時々、様子を見に来て、『大丈夫かい。しっかりしろよ。絶対に助けてやるからな』って耳元で囁きながら、口に何か含ませてくれてた」

「……」

「意識は失っていたから夢かもしれないけれど、とっても優しい声だったよ」

「そう……」

にっこりと笑った竹は、それ以上は何も言わずに仕事に戻った。

短い溜息をついて、桜は心の奥で、

――結局、私は誰も助けることができなかったのかもしれない……。

と思った。

お客たちの賑わいで盛り上がる店内の光景が、どこか違う浮き世での出来事のような気がしてきて、桜はぼんやりと佇(たたず)んでいた。

そんな桜を、いつものように蒼い月が見守っていた。

第四話　桜吹雪

一

浅草観音祭りは、鎌倉時代にあった〝船祭〟から続いている。一年おきに三月に執り行われるが、江戸時代になってからは、氏子が住む浅草郷・十八ヶ町から繰り出される山車の絢爛さや行列の豪勢さを競い合っていたという。それが現代の五月に行われる三社祭に繋がっている。

祭りでもないのに、浅草は毎日が縁日のようだった。浅草寺への参拝客だけではなく、奥山の芝居町に足を運んでくる客が所狭しと散策しているからだ。茶店にも美味しそうな菓子が並んでおり、客たちは清々しい空の下を楽しんでいた。

人混みの中には、歌舞伎見物を終えたのか、商家の手代と店のお嬢さんらしいふたりが手を繋いで歩いている。当時、男女が人前で手を取り合うのは憚られたが、若さゆえか恥ずかしげもなく、むしろ爽やかだった。

そんな様子を買い出しに来ていた竹が、何気なく見送っていて、

「よっ！　おふたりさん！　カッコいいよ！」

などと声をかけたが、ふたりは照れる様子もなく、人混みの中に消えた。同行していた新八は驚いた顔で、

「竹ちゃんも言うねえ。もっと大人しい娘さんかと思ってたのに」

「あら、そう？　三姉妹の中で、きっと私が一番熱い恋をすると思うわ。桜姉ちゃんはああ見えてちょっと鈍いし、梅姉ちゃんは男嫌いなのかすかしてるしね」

「三人三様でようござんした」

「あ、新八さん、私のこと小馬鹿にしてるでしょ」

「全然。竹ちゃんが火傷するような恋をするまで、見守っていやすよ」

芝居街も吉原や深川と同じ悪所扱いされているくらいだから、所々に出合茶屋くらいはある。もっとも、あくまでも茶屋だから泊まることはできず、休息できるだけだ。

角から急に曲がってきた男に、ドンとぶつかりそうになった時、とっさに新八が竹を庇った。相手は岡っ引の半次だった。

「なんだ、親分さんか」

「ご挨拶だな」

「いえ。近頃は何かと物騒なので、へえ」

「おまえの方が物騒だと思うがな、新八。年端もいかぬ娘を連れ歩いてどうするつもりでえ。この辺りは〝お休み処〟だらけだぜ」

「年端もって……もう番茶も出花の年頃ですぜ。あ、こりゃ失礼な言い方だった」

竹の方はよく分からないのか、手荷物を持ったままニコニコしている。

「半次親分こそ、十手を笠に着て芝居小屋を只で覗いてたんじゃありやせんか」

「人聞きの悪いことを言うなよ。掏摸や喧嘩してる奴がいねえか、見守ってるんだよ」

「さいですか。でも猿若町の中村座、市村座、森田座……いずれも迷惑してるって話を小耳に挟みましたがね」

「誰からだ」

「中村座の端番にですよ」

端番とは、芝居小屋にある鼠木戸の番人のことである。

鼠木戸は、正面入り口のことで、芝居見物客が、巣穴に入る鼠のように体を曲げなければ入れなかったために、その俗称がついていた。中村座は竪子で市村座は菱形、森田座は真四角と木戸格子の形が違うのが、これまた風情だった。

もっとも、鼠木戸は只で入る者たちを防ぐためのものだった。それゆえ、少し強面で押し出しの強い者が端番をしており、ときに地廻りのならず者が立つ場合もあった。

「ほう、中村座の端番といや、金次じゃねえか。あいつが俺のことを、そんなふうに言ってやがったか」

と半次は不機嫌に言い返した。

新八は一瞬、余計なことを言ったと頬を歪めて、

「金次さんは、親分が色々と面倒を見てやったんですよね」

「ああ。あいつは昔、浅草の寅五郎一家にいたとかでな、けど下手を踏んだらしくて、何度も小伝馬町の牢送りになり、人足寄場に送られたとかで、何年か前に舞い戻ってきたらしいんだ」

「へえ、そうなんですか……結構、年を食ってやすよね」

「若い頃は、浅草に移って来る前の芝居小屋でも、下足番をしてたてえが、それも本当か嘘か分かったもんじゃねえや」

半次は小馬鹿にしたように言ったが、新八はやはり小言を言いたくなって、

「でも、いつも只で見せろって、強引に入っていくじゃないでやすか」

「それくれえの役得はいいじゃねえか。俺がこうして見廻っているから、猿若町の安寧秩序が保たれているんだからよ」

「でも、それじゃ袖の下を求めてるのと同じですぜ」

「おまえ、なに突っかかってんだ」

「別に……うちには来ても、只では御免被りますからね。悪しからず」

半次はカチンとなって、新八に十手を突きつけながら、

「もしかして、てめえはこの十手が嫌いなんじゃねえか？　だから俺を見りゃ、なんとなくイチャモンばかりつけてくる」

「とんでもありやせん。いつも、ご苦労様って挨拶してるじゃないですか」

「いや。どうも臭い……前々から、おまえはどうも正体が分からねえ奴だった……」

わざと首根っこ辺りを嗅ぐ仕草をして、

「もしかして、おめえは……江戸を騒がしてる〝イタチ小僧〟じゃねえのか。〝紅殻小僧〟の一件のときも、何やら怪しかったし」

「はあ……？」

「いや、やっぱり違うな。おまえみてえな、情けねえ男じゃないだろうよ。大店や武家屋敷からごっそり盗んだ大金を、庶民にばら撒いてるんだから、太っ腹ってもんだ」

「芝居じゃあるまいし、盗っ人を庇っていいんですかい。御用聞きなのに」

「たしかにマズいことを言った……でも、竹ちゃんだっけな。今度、宜しくお願いするぜ。俺は年だがよ、若いのが好きなんだ」

羽織をばたつかせて、十手を帯に差すと、半次は新八をもう一度、小馬鹿にしたように見てから、ぶらぶらと歩き去った。

「いつも何してんだ、あいつは……いや、油断ならねえ。惚けたツラして、案外、俺のことを〝イタチ小僧〟と見抜いているのかもしれねえなあ」

新八が呟いたとき、

「えっ。新八さん、ほんとに〝イタチ小僧〟なんですか」

と竹が訊いた。新八は苦笑して、

「そんな訳があるわけないだろうが。もし、俺だとしても、半次親分には絶対に捕まらないと思うぜ」

と冗談めいて答えて行こうとすると、その前に今度は、偉丈夫の中年男が立っていた。着流しに中村座の印半纏を身につけている。役者ほどではないにしろ、若い頃はさぞや二枚目だったと思われる。今し方、話に出ていた〝端番〟の金次である。

「吃驚した……半次親分との話を聞いてやしたか」

「いいえ。あっしは近頃、耳がちょいと遠くなったもんで」

金次は半次の後ろ姿を目で追いながら、

「親分さんも何度か取り逃がしたから、躍起になっているねえ、イタチ小僧を自分の手で捕まえたいと」

「そりゃ無理だろうな……」

「いつぞやは、ある大店に『今宵、三百両戴きます』と投げ文をされたのに、まんまと盗まれた。しかも、半次親分は下っ引を何人か連れて待ち伏せしてたのに、ねえ……」

「そうなんですか⁉」

驚いたのは竹の方だった。

「ということは、お上をからかってるということですかね」

「お上を恐れぬ所行ってことだよ」

「たとえ、貧しい人たちにばら撒くといっても、人が稼いだお金なんだから、絶対にしちゃいけないことですよね」

少し怒ったような顔になる竹に、金次は自分の娘にでも対するように微笑みかけて、

「ほんと、お嬢ちゃんの言うとおり。お芝居ならばいいけどね。本当にやっちゃ、ただの盗っ人だ、ねえ」

と言うと、新八の方がややムキになって、

「金次さんの言うことは正しいけどよ、悪いことをする奴でも、そいつなりの訳があるに違いねえんだ。その心っつうか、そういうのをキチンと暴いてやるのが、芝居とか絵草紙なんじゃないのかねえ」

「ま、そうかもしれねえが……御定法を破った奴は咎人だからね。困ってる人を助けたとしても、良いことは言えねえなあ」

金次はまるでイタチ小僧が誰だか見抜いているかのような言い草だった。

「じゃ、おふたりさん。買い出しを楽しんできて下せえ」

笑顔で新八の肩を叩くと、金次は中年にしては割にシッカリと力強い足取りで立ち去った。見送っている竹は、

「──あの人、元は、ならず者だったの？」

「らしいが、どうだかね……何か気になることでもあるのかい」

「うん……二の腕にね、何だか刺青がチラッと見えたものだから」

「そうなのか⁉……人は見かけによる、な」

「新八さんの方が、よっぽど悪そうな顔してるよね」

「刺青はしてねえぞ。こんど裸になって、隅々まで見せてやらあ」

ふざけて言った途端、バシッと竹に背中を叩かれた。

「そんなこと、姉ちゃんたちの前で言うと、逆さ吊りの刑では済まないと思うよ」

「だな……くわばら、くわばら」

新八は笑いながら、竹と共に買い出しを続けるのであった。

二

両国橋西詰め大川端にある船宿に、桜が訪ねてきたのは、同じ日の夜のことだった。『みよ志』という小さな店で、名前の由来は舳先の意味である。船先が行く末を決めるように、志を託している意味合いだと、桜は女将の美好から聞いたことがある。

桜は紅などをさして恥じらうような顔つきで階段を登った。薄暗い廊下の奥からは、ぼんやりと行灯の明かりが洩れている。ひと呼吸整えて、

「『おたふく』の桜です。ご指名なので参りました」

と声をかけた。だが、返事がない。桜は緊張しながら、もう一声かけた。

自分を江戸で一番の水茶屋娘だということで、しかも二代目・喜多川歌麿の娘として、会いたいと指名してきた相手は、なんと十二代・中村勘三郎というのだ。桜が気もそぞろに出向いて来るのは当たり前のことだった。

歌舞伎小屋と遊郭は、〝江戸の二大悪所〟などと言われていたが、いずれも最も人気があり、人が大勢集まる場所だった。ゆえに、浮世絵も歌舞伎役者を描いた〝役者絵〟と吉原の女を描いた〝美人画〟が飛ぶように売れていた。

〝役者絵〟は鳥居派の浮世絵師が始めたと言われているが、初代の鳥居清信の父親は

上方の女形役者だった。やはり浮世絵と歌舞伎は縁が深いのである。

そこから、今で言えば似顔絵の要素の濃い勝川派が、役者絵では最高と言われた。さらに寛政年間に下ると東洲斎写楽の誇張した役者絵が飛ぶように売れ、歌川豊国や歌川国貞が浮世絵師として絶賛された。

桜たち三姉妹は、美人画の喜多川歌麿の娘として、密かに知れ渡っていたが、二代目であっても、母親が初代・歌麿の美人妻だったという風聞もあって、自分の店ではない料理屋などに呼び出されることもあった。

「ええ……勘三郎様。『おたふく』の桜でございます。お誘いありがとうございました。先日も舞台を拝見したばかりなので、喜んで参ったしだいでございます」

すると中から、「どうぞ」という声が聞こえた。意を決して襖を開けると、目の前に金屏風があって、奥に人の気配がする。窓は開けっ放しているらしく、川風が流れ込んできて心地よかった。

ためらいと恥じらいが入り混じる声を洩らすと、金屏風の向こうから「遠慮することはねえよ」と江戸っ子訛りの声が返ってきた。嬉しそうに頷いて、部屋の奥に入った桜は、アッと驚いて動きが止まった。

そこには、中村勘三郎とは似ても似つかぬ男が、高膳を前に酒を飲みながら、にんまりと笑っている。一瞬、頭の中が真っ白になった桜はガックリを両肩を落として、

「なんだ……金次さんじゃないですか……中村座の勘三郎さんがお呼びだって、女将さんから伝えられたから、私、てっきり……」

と溜息(ためいき)をついた。

「俺で悪かったな。中村座の金次を勘三郎と聞き間違えたんじゃねえか？」

「全然、違いますよ」

「まあ、そうガッカリしなさんなよ。たまには俺としっぽりといこうじゃねえか」

「しっぽりって……私も客を選ぶことができますからね」

「歌麿さんには初代にも二代目にも何かと世話になったからよ、恩返しのつもりだよ。二代目は俺より一廻りくれえ年上だったが、大親友だったしな」

「そんなこと、新八さんに聞いたことがありませんがねえ」

「あいつなんか、まだ洟垂(はなた)れ小僧だった……まずは駆けつけ三杯。どうでえ」

桜は鼠木戸でたまに顔を会わすし、知らない仲ではないから、仕方なさそうに杯を受けてから、金次にも注いだ。

「なあ、桜さん。半次親分にこきつかわれて、捕り物の真似事(まねごと)てか、手伝いをさせられてるんだけどよ、イタチ小僧のことどう思う」

「どう思うって……なんだか色っぽい話じゃなさそうですね」

つまらなそうに桜は溜息をついて、

「芝居の中なら、義賊だのなんだのカッコいいですけどねえ。私にはとんと興味がありません。金のないうちの店に盗みに来ることもなさそうですしね」

「溜息ばかりついてると、幸せが飛んでいくってえから、やめた方がいい」

「私だってたまには、誰かに愚痴のひとつやふたつ言いたくなることもありますよ」

「聞いてくれるいい相手を見つけるんだな……あ、俺は駄目だぜ。恩人の娘に手をつけるほど野暮じゃねえ」

「金次さんとは年が離れ過ぎてますから、眼中にありません」

「あ、そう……」

金次は酒をグイッと飲んで、

「ところで、近頃、『おたふく』に入り浸ってる守谷陽之助という旗本を知らねえか。旗本といっても二百石くらいの小身らしいが、そうだな……見かけは一見ひ弱そうだが、ヤットウの方はかなりの腕利きだ。顔つきは、それこそ女形の玉三郎のように綺麗で女好きのする……」

と訊いた。桜にはもちろん心当たりがあったが、客のことをあれこれ話すのは憚られると、詳しく言うのを断った。

「まあいいや。てことは、来てるってことだな……」

「その守谷って方は、何かしたんですか」

「旗本には違いないが、『おたふく』で夜毎、遊べるほどの金はねえはずなんだ。どうも、イタチ小僧と関わりがあるんじゃねえかって、専らの噂でな」

「噂……金次さん、十手持ちの真似事ですか」

「言っただろ。半次親分の手伝いもさせられてるって。昔、色々と、世話になったから、断れねえんだよ」

「そうですか……で、私に守谷さんて人のことを調べろとでも？」

「いや、そういう訳じゃねえが、どういう奴なのかなってな」

と金次が言っている間に、桜の顔は少し強張ってきて、

「なんだか、嫌な感じですねえ……そもそも金次さんの素性はよく分からないし、芝居小屋の端番なのに、まるで御用聞きみたいな態度……もしかして、本当は加納の旦那の手先かなんかですか」

「加納……ああ、若い定町廻りの……知らない仲じゃねえけど」

「とにかく、そういうことなら、お断り致します。そもそも、勘三郎丈が来るっていうから来たのですが、悪いけれど、あなたとはお話をしてもねえ……ごめんなさいね」

桜はサッと立ちあがった。

「おいおい。そんなに怒るこたあねえだろ。親父さんとは……」

「そうやって、お父っつぁんの名を出されるのも嫌です。では、失礼します」

桜が裾をひょいと摘んで立ち去ろうとした。そのときである。

「きゃあ！　ひ……人殺しい！」

女の叫び声が、階下から聞こえた。女将の美好の声のようだった。

思わず顔を見合わせた桜と金次は、急いで階段を駆け下りた。

一階の裏手は、大川端の船着場に繋がっており、そこに屋形船が停泊している。女将は桟橋で立ち尽くしている。

とっさに駆け寄った桜に、女将は船室内を指さしながら、

「人が……し、死んでいる……！」

「ええ——!?」

桜が艫の方に踏み込むと、船室の中に敷かれている布団の上で、若い娘が仰向けに倒れていた。口から血が流れていた。

後から金次も駆け込んできたが、白眼を剝いて倒れている娘の姿に息を呑んだ。

桜は多少、医学の心得もあり、遺体を見るのに慣れているのか、冷静に娘の体の様子を調べていたが、すでに呼吸も脈もないと確認した。

「金次さん……とんでもないことが起こったわね。まさか、あなたのせい」

「じょ、冗談はよしてくれよ……」

驚きながらも、金次も死体を扱ったことがあるかのように、娘の顔を覗き込み、

「まだ、死んで間がなさそうだな。この娘さんは、いつ頃、ここに来たんだい」

と立ち尽くしている女将に訊いた。

待合いの部屋にしばらくいて、後から連れらしい男が来たという。

「店に来てから、まだ四半刻も経ってませんよ」

「連れの男ってのは？」

「商家の手代風ですが、まだ随分、若く見えました。娘さんと同じ年頃でしょうか」

「ふたりだけかい」

「ええ……」

「初めての客なのか。それとも……」

「その娘さんは、屋形船に乗るのも初めてだと言ってました……うちの船頭が船を出す準備をしていると、しばらくふたりきりにしてくれないかと、連れの男に言われたそうです」

「ふたりだけにね……」

金次は煙草入れから、金色の煙管を取り出すと、船縁に腰掛けながら、気を落ち着かせるように咥えた。その様子を、船頭も見ていて近づいてくると、

「あっしも煙草を吸いながら、ちょいと待ってたんですよ……邪魔しちゃいけねえと

思いやしてね」

と言った。

「屋形船を借り切って、まるで出合茶屋のように使わせる店もあるが、女将……ここでも、そんな真似事をしてたのかい」

「いえ、それは……」

女将は曖昧に答えたが、船頭の様子では概ね正しいのであろう。だが、若いふたり連れが何処の誰かは分からないから、色々と探索の手間がかかるなと、桜は思った。そのとき、娘の亡骸をじろじろと見ていた金次が、

「やっぱりそうだ……この娘、昼間、中村座で見た。間違いねえ。着物の柄も椿をあしらったもので同じだし」

「そうなんですか？　じゃ、連れの若旦那ってのも……？」

「いや。手代風の奴がいて、この娘とは鼠木戸の所で初めて会った感じだった。手代風が芝居の中身を話しながら……木戸札も別々に買ったものだから、別々に入ったな、たしか」

「つまり、それぞれが、ひとりで観に来たってこと？」

「芝居小屋の中で待ち合わせたとも考えられるが……出て来るときのことは覚えてねえなあ……でも、その娘に間違いねえ」

「じゃ、誰か知ってるの？」

「そこまでは分からないけど、手代の方は何度か芝居小屋に来ていた覚えがある。すぐにでも調べてみやすよ。せっかくの良い芝居の帰りにこんな目に遭わされちゃ、娘さんは浮かばれめえ……」

「ですよね……あまりにも可哀想……」

竹と同じ年頃で死んだ娘を見て、桜は胸を痛めていた。女将に北町の加納福之介という同心を呼ぶように言って、桜はもう一度、丁寧に娘の亡骸や部屋の中を調べはじめた。

そんな様子を金次は、妙に感心したように見ていた。

三

娘の身元はまだ不明だが、芝居小屋に来た手代風の男は、すぐに分かった。金次が覚えていたとおり、芝居をたまに観に来ていた八十吉という。浅草橋にある『錦江堂』という絵草紙屋の手代だった。

この絵草紙屋ならば、桜も少々、知っている。早速、加納と一緒に八十吉を訪ねた桜は、一緒に船宿に行った娘が、何処の誰かと訊いた。だが、八十吉は、

「そのような所には行っていない」

と懸命に言った。

「女将の話じゃ、後から来たのは若旦那風だとのことだったが、おまえの他には、一緒にいた者が思い当たらないんだよ」

すぐさま、事件のあった船宿の女将や船頭にも顔を改めさせたが、間違いなく、娘と一緒にいた男だと証言した。しかし、八十吉はまったく知らないことだと、泣きながら反論した。

「じゃ、たまたま、おまえにそっくりな奴が、娘の相手だったたってことかい」

八十吉は本当に知らないと首を振って、

「たしかに、芝居は一緒に観ました……ていうか、私はひとりで行ったのですが、鼠木戸の所で声をかけられて、桟敷に座ったら、たまたま隣だっただけです」

「偶然ってこと……」

桜は余計に疑り深い目になって、

「芝居小屋で偶然、同じ桟敷に座ったからって、その日のうちに船宿に行きますかねえ。しかも、あの船宿は出合茶屋みたいな所だから……」

と言うと、加納もじっと見ているので、八十吉はキッパリと返した。

「ですから私は……その娘さんとは、芝居を観ましたが、船宿には行っていません。

店の人たちの勘違いでしょう」

「中村座の鼠木戸番も、あなたたちの仲睦まじそうな姿を見てるんですよ」

さらに桜が責めるように言うと、八十吉は勘弁してくれという顔で、

「違いますよ……あの後、茶店で甘い物を食べましたがね。芝居の話をして、そのまま別れました。私は絵草紙屋に奉公してるので、お芝居を観るのは仕事みたいなものです」

「ですよね。でも、その娘さんの名は？　何処の人なんです」

「ですから、身の上話はしていません。名前は、美咲とか言ってましたが、本当かどうかは知りません……もしかしたら、そういう女かと思ったし」

「そういう女……」

「たまにいるでしょうが。芝居小屋に入っていて、めぼしい男を見つけて、そういうことをして金を稼ぐ……」

「〝けころ〟女郎だというのですか」

「ハッキリとは言えませんがね。でも、私は仕事があったし、茶店で別れました」

加納から、娘が船宿に現れた刻限などを聞くと、八十吉は自信に満ちた態度になり、

「その頃なら、浅草橋の店で、主人と一緒に仕事をしてましたよ」

と答えた。すると、桜の方が訊いた。

「それは後で主人にも確かめるとして……もしかして、あなた、絵草紙とか浄瑠璃の作者になりたいんじゃ？」

「えっ。どうして、それを……」

「なんとなく。私のお父っつぁんは、二代目・歌麿なんです。絵草紙屋の手代になるってのは、絵師になるか戯作なんかを書きたい人が多いから。うちの店にいる新八さんも、絵師を目指していたしね」

「なれるかどうかはともかく、絵を描くのは好きです。役者絵も描きたいし、美人画も……そして戯作や歌舞伎や浄瑠璃芝居も……そのために、上総の田舎から江戸に出てきたんです」

「やっぱり、そうなんだ」

「だから、美咲って娘さんとも、お芝居や絵草紙の話をしたかったのですが、なんだか妙な雲行きになったので、失礼したのです」

自分にはまったく身に覚えのないことだと、改めて主張した。

「もうひとつ訊きたいのだがな」

今度は、加納が尋ねた。

「昨日、報せがあって駆けつけて、色々と調べた後で、検屍をしたら、その後娘の亡骸からは、阿片を吸った跡が見つかった。おまえさん、それにも覚えがないかい」

「阿片……！」

抜け荷とか阿片とか幾つかの事件が続いていたのは、絵草紙屋だけに、八十吉も承知していたらしく、不愉快な表情になった。その顔を覗き込みながら、

「ああ。それを吸いながら、嫌らしいことをすると気持ちよいとかいってな、若い者たちの間で出廻っているらしいのだ」

「そんなもの吸ったことなどないので、まったく分かりません」

「阿片は抜け荷と関わっているゆえな、これまでも徹底して調べていたため、御公儀のお偉方も始末されたが、後を絶たない……近頃はやくざ者ではなくて、〝売り人〟ってのが素人だってんだ。心当たりないか」

「まったく……」

疑われていることに露骨に嫌な顔をした八十吉は、感情を抑えながらも、

「私がそんなに怪しいのなら、徹底して調べて下さい。疚(やま)しいことは何ひとつありませんから、どうぞご随意に」

と強い口調で言った。

加納は一応、納得したように頷いたが、毎日、色々な男を見ている桜は、どこかに嘘があると察した。もっとも根拠はない。

――ちょいと探りを入れましょうかねえ。

と桜の胸の中に、また余計な〝お節介虫〟が蠢くのであった。

その翌日、北町奉行・遠山左衛門尉の内与力・吉川瓢兵衛が、中村座に乗り込んできたとき、『おたふく』の梅も来ていた。ふたりとも、金次を探していたのだ。

内与力とは奉行所の役人ではなく、遠山家の家臣で、表の役所と裏の役宅の繋ぎ役のようなもので、奉行の側近である。吉川の話では、名前のとおり、ぶらぶらしている瓢簞のようにどこか摑み所のない侍である。吉川の話では、船宿『みよ志』で起こった事件に、金次が絡んでいるのではないかと、調べにきたのだった。

梅も同様で、昨日、桜が金次とともに出かけてから、家に帰ってきておらず、加納に訊いても分からない。何かあったのではないかと訪ねてきたのである。

二階の女形の楽屋で、次の演目の準備をしていた座頭の中村勘三郎をはじめ役者たちも、困惑していた。

「金次なら、うちでも捜しているのですよ。まあ、遊び人みたいなものだから、そんなにあてにしていたわけじゃないけれど、鼠木戸や下足番が足らないのでね。困っているんです。まったく、いい加減にも程がある。元々は、吉川様、あなたのツテで雇ったのですから、なんとかして下さい」

と勘三郎は言った。金次が何処で何をしているかは、おおよそ見当はついていた。

しかし、話してしまうと、元も子もなくなる。もっとも、此度は勘三郎が関わっている事件ではない。金次が自ら、動いていることだろうと、勘三郎は察していた。

「もしかして、勘三郎……おぬしは金次の行方を隠しているのではあるまいな。あまり余計なことをすると、ためにならぬぞ」

「どういう意味でしょう。今言ったとおり、こっちも迷惑をかけられてばかりです」

「ならば、芝居小屋には出入り禁止にしてはどうかな。さすれば、まっとうな仕事に就くというものだ」

吉川が責めるように言うと、梅は何の話をしているのだと首を傾げた。そして、勘三郎に向かって、

「私は時々、鉄砲玉のようにどっかに行ったままだとよく言われますが、姉はそのようなことは、これまでないのです」

「そう言われましてもな……」

「金次さんは、中村勘三郎の名を騙って呼び出しました。そのとき、何の話をしようとしたのか、姉は分からないまま、此度の事件に関わってしまったのです……だから、とても不安なんです」

「そういうことなら、私たち座員も心して捜してみますが……金次と一緒ならば、大丈夫だと思いますよ」

と勘三郎はさほど心配をしていなそうだった。その暢気さが梅にはカチンときて、

「江戸で一番の人気役者なのに、しかも自分の芝居小屋の端番のことでもあるのに、随分といい加減なのですね」

「あ、いや、これは参った……梅さんに責め立てられると、心臓がパクパクする」

本気とも冗談ともつかない雰囲気で、勘三郎は言った。

「私のお父っつぁんは、勘三郎さんとも縁が深かったそうですが、芝居は阿片みたいなもので、一度はまると抜けられないと話していたことがあります。だから、金次さんもまっとうな仕事に就けないのではありませんか」

「随分と酷い言い方だなあ。もっとも、梅さんらしいけどね」

「芝居を蔑んだりなどしておりません。いいえ、大好きですが、人を熱狂させておかしくさせてしまうことはあります」

「手厳しいですなあ」

「しかも、金次さんのような怪しげな人と姉がいなくなったとしたら、心配するのは当たり前でしょうが」

感情を露わにする梅に、勘三郎は少し弁解するように、

「まあ、見た目はああですが、金次は鯔背で気っ風のよいところもあります。義侠心も強いのでね、私は信頼してます」

「でも、いなくて困ってるんでしょ」

「え、ああ、まあ……そういうところも、ご愛嬌ってことでね」

「やけに庇いますね。たまに、半次親分の手先になってるようですが、いっそのこと十手持ちにしてやったらどうです。お上の役に立てれば言うことなしでしょ」

「お上ねえ……金次は、お上の顔色を見て動くような奴ではない。だから御用聞きは嫌なんじゃないかな」

「はあ?」

不審げに見やる梅に、勘三郎はまるで説教でもするように、

「おまえさんもいい年頃だから、少しは人を見る目を養ったらどうかな。奴は……金次はもっと器のでかい奴で、つまらぬ了見で生きてる奴じゃない」

「そうは見えませんが、何処がいいのか、私には分かりません」

「まあ、そうだな……困っている者、貧しい者、病める者……とにかく人助けをするのが、自分の務めであろうと思ってる。特に庶民のために、一肌脱ぐ男の中の男なんですよ。義俠心と言い換えてもいい」

「おや、まあ。まるで、お芝居の中の人みたいですねえ」

「まさに一枚看板」

「だったら、こんなふうに人騒がせなことはしないと思いますが」

あまりにも感情を剝き出しにするので、勘三郎は愛想笑いになって、

「いずれ分かるでしょう。梅さんたちは娘くらいの年頃ですが、男として惚れちゃ、アッ、いけませんぜえ」

と軽く見得を切る仕草をした。

「とまれ、金次の行き先が分かりしだい、お教えしますので、御両名様とも、後は私にお任せ下さいませんかね」

丁重に頭を下げる勘三郎に、吉川は念を押した。

「では、そうするが、老中の水野様や南町の鳥居様は、芝居にはあまりよい考えを持っておらぬゆえな」

「考え……またぞろ悪所扱いですか」

「うむ。ご公儀はいつの世も、風紀の乱れを懸念して、芝居小屋や遊郭を潰しにかかろうとしておる。そうならぬよう務めるのが、あなた方、芝居をする者たちの心がけです。よいですな」

たしかに幕府の目が厳しくなったのは事実だが、庶民の楽しみをおいそれと潰すわけにもいくまい。勘三郎は任せておけとばかりに胸を叩くのであった。

四

悪所といえば、深川七場所と呼ばれる私娼街は相変わらず〝繁盛〟していた。その一角にある本所三笠町界隈は、人殺しや盗みなどの咎人が潜む悪の巣窟となっており、未だに放置されていた。何度か幕府の手が入っていたのだが改善されたためしはなく、元の木阿弥になっていた。イタチ小僧も隠れているのではないかという噂もあった。

この数年は、鳴神の雷蔵という歌舞伎の演目のような名の男が町を仕切っており、幕府が禁じている賭場や女郎屋などを悪びれることもなく営んでいた。そこで得た金の一部が、幕閣の偉い人に渡っているという噂もあり、町方の本所方も踏み込めないほどであった。

町木戸は閉めたままで、逆に余所者は入れないようになっている。それが檻代わりになっていて、ふつうの人々の暮らしを脅かすわけではないから、奉行所も大目に見ていた。人足寄場から出てきた者たちの〝受け皿〟になっている面もある。

無宿者は、石川島と佃島の間にある蘆沼にある人足寄場に入って、様々な手仕事をして、きちんと生業を得るように訓練されていた。中には犯罪者もいたが、いわば社会復帰のための更生施設である。しかし、無宿者には博打を生業とする渡世人紛いも多く、結局はまっとうに暮らせずに、三笠町に迷い込むのだった。

金次が時々、潜り込んでいるのは、この町だった。

阿片の巣窟もあるとのことで、自ら誰にも内緒で飛び込んできたのだが、それはこの町の者に疑われないがためだった。もっとも、勘三郎だけは知っていたが、この町に入ったからには、なかなか手が出せないはずだ。

雷蔵の屋敷は、表通りの角地にあって、かつては、羽振りのよい材木問屋の店だったらしく、十間もの間口の立派な商家だった。

中に入ったらすぐ、ずらりと丁半賭博や花札賭博などの「場」が設えられており、番頭格の才六が、帳場で胴元らしく振る舞っていた。

江戸市中ではありえない光景だった。客筋はならず者ではなく、むしろまっとうな商家の旦那衆が多かった。正業に就いている者でも、賭け事の好きな連中は多いものだ。しかも、この町ならば違法な賭場だとしても、挙げられることはまずない。だから、安心して、遊びに興じられるのである。

金を儲けたら、そのまま女郎買いをしたり、両国橋や上野などの繁華な町にも負けないくらいの、美味いものを食わせる料理屋や見世物小屋もある。何とも言えぬ怪しい雰囲気が余計に、庶民の心を擽る楽しみだった。

隠し賭場の片隅では、金次が腹にさらしを巻いて、壺振りをしていた。

中盆が声をかけるや、手際よく賽子を振って、台座に壺を伏せる。丁半の駒が揃ったところで、出目を披露するのが役目だが、玄人が見ても、

——なかなか堂に入ったもの。

であった。

中村座の端番であることを知っている者もいたが、元々は浅草の寅五郎の身内だったとのことだし、年もそこそこいっているから、若い衆にはなんとなく一目置かれていた。

一仕事終わったとき、才六が声をかけた。

「金次……ちょいと二階へ上がって休め」

「へえ。上がらせて戴きやす」

二階へ行けというのは、親分の雷蔵の背中でも揉めということである。

肩や背中を揉むということは、それだけ信頼をされていることだから、有り難く引き受けなければならない。それで信頼を得ていけば、この町で大きな顔ができるのである。

それを、わずかな日数で、雷蔵に気に入られるのだから、金次の度胸は只者ではない。むろん胆力があって、腕っ節に自信があるからできるのだが、少しでも疑いをかけられると、逆に闇から闇に葬られることとなる。

金次は襷がけを外して、二階の奥にある雷蔵の部屋に行った。

「おまえの壺捌きは大したものだと、みんなが褒めてるぜ」

雷蔵はいつも薄ら笑みを浮かべている。それは能面のようで、金次の目にも何を考えているか分からず、気味悪かった。

「俺のようなヘボ壺振りに、過分なお言葉。恐れ入りやす」

「結構な年のようだが、何処で何をしてたかは訊くまい。それより、壺振りの腕、何処で磨いたんだ」

「へえ、四十を越えてやすんで、恥ずかしい限りです。親父も渡世人気取りで、ガキの頃から連れられて賭場には出入りをしていた、ろくでなしなもんで、少々嗜んでおりやした……ですから、磨いたってほどの腕じゃありやせん。ほんの手慰みで、へい」

謙ったように金次が言うと、才六は首を傾げて、

「ろくでなし……って、なんでそう言うんですかね、親分」

と訊いた。

「知るか、ばか」

「いえ、あっしの名が才六なもんで、六と関わりがあるのかなあって。テラ銭は、四分が相場でやすが、六の目が揃って〝ビリゾロ〟のときは一割なんで……」

「どうでもいい話をするな」

雷蔵は才六を小馬鹿にしたように制して、金次に向き直り、

「かなり修羅場も抜けてきたんだろうが、一家を構えられるくらいの度胸もありそうだ。喧嘩の方もかなりやってたんだろうな」

「いえ、ガキの喧嘩です」

「チラッと見えたが彫り物は……もしかして、彫長の手によるものか？」

江戸ではよく知られている彫り師の名を出されたが、たしかに金次は若い頃に、彫長の世話になっていた。もう故人である。

「へえ。よくご存じで……親分は目利きでやすねえ」

「なに、捲り上げた袖の奥に見えた色合いがそうかと思ってな」

雷蔵が探るような目つきになるのを、金次は感じたが、じっと見つめ返すだけだった。雷蔵もまったく目を逸らさず、

「さすが、いい目だ……そこで、おまえさんにちょいと、いい話があるんだ」

「なんでござんしょう」

「人をひとり、殺めて貰いたい」

「──人を……」

さすがに金次は尻込みをした。その僅かな表情を見て取った雷蔵は、

「修業だと思ってやればどうだ。大丈夫だよ。お上に見つかるようなことはさせねえ。しかも、やる場所は、この町の中だ。誰にも分からないように始末するだけだ」

「……」

「手筈は、俺の手下がぜんぶ整える。おまえは、グサリと一突きやりゃいいだけだ……それで、おまえは、うちの幹部だ。四天王のひとりにしてやろうじゃねえか。そしたら、遊郭も賭場もおまえの腕しだいで、幾らでも稼げるってもんだ」

どうせ人殺しをさせて、後は知らぬ顔をするのであろう。だが、ここで引けば、肝心なことができない。金次は少し考えて、

「さいですか。あっしでよければ、お引き受けしやす」

と答えた。

「そうかい。やってくれるかい」

「あっしも裏渡世は少しばかり見てきやしたから、親分なら信頼できそうです」

「そう言われると嬉しいぜ。早速だが、仕事は今日の夜だ。湯にでも入って、身を清めておくんだな」

「へい。必ず仕留めやす」

金次が真顔で頷くと、雷蔵は頼もしそうに笑った。

その夜、四つ過ぎ——三笠町一角の稲荷神社の境内に、頬被りの着流しの男が現れた。雷蔵の話では、抜け荷とか阿片などの取り引きに使われる場所とのことだった。

金次が社殿の陰で待っていると、頬被りをした着流しの男が、卑屈そうな声を発しながら、賽銭箱に近づいてきた。

「——才六兄貴……いつものものを、少しばかり頂戴しに参りました」

「名を聞こうか」

「はい。絵草紙屋『錦江堂』の八十吉という者でございます」

その名を聞いて、金次は一瞬、耳を疑った。勘三郎に歌舞伎や浄瑠璃の話を聞きに来ている男だと知っていたからである。相手も金次の顔と名を知っているはずだ。周りには、才六の他三人ほど、雷蔵の子分も潜んでいる。下手に話し込んで、妙に勘づかれたら、元も子もなくなるから、さっさと片付けた方がいいと判断した金次は、

「今日は才六兄貴の代わりに来たが、少しばかり面倒なことを起こしてくれたらしいな、八十吉さんよ」

と声をかけた。

「は？　どういうことでしょう」

「詳しいことは知らねえ。俺はおまえさんに何の怨みもないが、これも渡世の義理というやつでね。悪いが死んで貰うよ」

「あれ……あんたは……」

八十吉が言いかけると、すぐに金次は懐から匕首を抜き取った。八十吉は何のことだか分からないまま、ひえっと情けない声を発して、境内から逃げ出そうとした。鳥居の方には、裾をまくりあげた二、三人のならず者の姿が見えた。八十吉はすぐさま踵を返して神社裏の雑木林に逃げ出した。

その先は竪川になっており、逃げ場所はない。あっという間に追いついて金次は、後ろから羽交い締めにして、グサリと脇腹を突き刺した――ように見せかけて、鳩尾に柄を打ち込み、そのまま川に突き落とした。

何処かから半次親分が見ているはずだ。うまく逃がしてくれるに違いない、と期待してのことだった。案の定、近くの茂みから、

「ちゅう、ちゅう……」

と鼠の鳴き声が聞こえた。

背後から、才六たちが駆けつけてくる。とっさに匕首で腕を少し切った金次は、血を塗りつけて、

「飛び込んで逃げられやした……でも、死んだと思いやすぜ。その証拠に、浮き上がってきやせん」

と言い訳をした。才六は匕首の血をちらりと見て、

「何処を刺した」

「脇腹でさ」

「おまえも切られたのか」

「驚いたことに、あいつも刃物を手にしてやした。危ないところでした……あいつは一体、誰で、何をやらかしたんでやす。いつものものを少しばかり頂戴しにきた、なんて言ってやしたが」

「余計な話はするな」

才六は強く言ってから、子分たちに死体を捜し出せと命じた。素早く子分たちが駆け出すので、金次も追いかけようとしたが、

「おまえは、いいよ。親分のところに報せに行くぜ、俺と一緒にな」

才六は、金次の肩を、曰くありげな目で軽く叩いた。

もしかすれば、殺しに利用するだけして、後は消すつもりかもしれない。そう察した金次が、辺りに気を配りながら、境内から引き上げようとすると、鳥居の下にぼんやりと人影が浮かんだ。

五

着物の裾を少しはしょって、鳥居の下で身構えているのは――なんと桜だった。

「この目で見させて貰いましたよ。鳴神の雷蔵とやらは、賭場を開いたり、阿片を扱っているだけじゃなくて、人殺しまでさせるのですねえ」

まるで啖呵（たんか）を切るように言った桜を、驚いた才六は鋭く睨（にら）み返して、

「――だ……誰だ、てめえ……」

「名乗るほどのものじゃありませんがね、歌麿の娘といえば、聞いたことくらいあるんじゃありませんか」

「あぁッ……」

「特に悪さをしている輩（やから）には、ちょっと嫌な名かもしれませんがね」

桜の言葉の意味するところは、二代目・喜多川歌麿は浮世絵師でありながら、悪党たちには恐れられている存在であったということだ。

十手持ちではないし、お上と繋がりもない。ただ、駒形堂（こまがたどう）の絵馬に書かれた願掛けを実らせてやるというのが、密かな評判だった。つまり、誰にも知られずに悪党を始末することもある。町方同心に睨まれる方がマシというところであろうか。

「なるほど、浅草で評判の『おたふく』の茶汲み娘ってことか」

才六たちは『おたふく』の娘たちのことも、多少は承知しているようだった。

「親父さんに免じて、今夜は見逃してやるから、この本所三笠町から今すぐ出ていくがいいぜ。でねえと、その綺麗な白い柔肌を、獣たちがなぶることになるぜ」

「お黙りなさい。今日こそ、あなた方の悪事を暴いて、お上に突き出します」

一歩踏み出た桜は、金次の顔を見て、アッと凍りついた。声にはならなかったが、

——あなたが、どうしてここに……！

という表情になった。金次の方もとっさに何も言うなと目配せをしたが、用心深い才六はすぐに何か感じたようで、忌々しげに目を細めた。

「女ひとりで粋がるのは危ねえぞ。特にこの町には命知らずが幾らでもいる」

才六はドスの効いた声で脅した。

「承知の上です。こんな町をほったらかしにしている町奉行所の怠慢でしょう。でも、あなたたちを始末すれば、少しは綺麗になるかもしれませんからね」

「てめえ、喧嘩を売ってるのか……おい！」

才六が野太い声を発すると、他にも潜んでいたのであろう、数人の子分衆が現れて、あっという間に桜を捕らえた。小太刀や柔術の心得もあり、激しく抵抗をしたが、多勢に無勢であえなく、桜は縛られてしまった。

「なんだ。口の割にはたいしたことがねえ女だな。女郎屋に叩き売ってやれ」

ほくそ笑みながら才六は言ったが、金次はずっと黙って見ていた。助けようと思えばできたかもしれない。が、せっかく阿片の巣窟を突き止める目前まで来ているのに、元の木阿弥になるからだ。もっとも、才六とて、雷蔵の許しもなく無下に殺すことはないと分かっていたからだ。

そのまま、隠し賭場に連れてこられた桜は、雷蔵の前に座らされ、名乗らされた。傍らで金次も見ていたが、あえて素知らぬ顔をしていた。

「こんな若い姐ちゃんが俺たちに食ってかかるとは……そういや、二代目・歌麿さんには、色々と世話になった」

雷蔵は皮肉を込めた目つきで睨んだ。

「恩返しをしなきゃならねえと思ってたが、噂の『おたふく』がこんな綺麗な娘とは、はは、ありがたいことだ。たっぷりと可愛がってやることにするか」

「黙りなさい。あなた方は悪いことばかりして、心が痛まないのですか」

睨みつける桜の顔を見て、雷蔵は嫌らしい目つきで涎をすすりながら、

「そのきつい顔もなかなか、いいじゃねえか。ぞくぞくっとそそられるぜ……桜とやら、実にいい女だ……奥の寝間に連れていっとけ」

と子分に命じた。すぐに桜を抱えるようにして立ち去った。去り際、桜は一瞬、困

惑した表情で金次を振り返ったが、やはり素知らぬ顔をしていた。

「ところで、金次……仕事はきちんとやり遂げたかい」

「手応えは充分、ありやした」

金次は自信をもって答えたが、才六が死体を捜しているところだと話して、

「イチャモンをつけたくはねえが、親分……あっしは殺し損ねてると思いやす。いや、殺してねえと思います」

「どういう意味だ」

「わざと逃がしたように見えたからです。しかも、親分……この金次は、八十吉のことを知っている様子でした。八十吉の方も」

才六の勘は鋭いことを、雷蔵も承知している。本当のところはどうなのだと、金次に聞き返したが、

「いいえ。見たこともない顔です」

「なら、今の女はどうだ……歌麿の娘、桜とやらだよ」

と才六は口を挟んで、雷蔵に聞かせるために問いかけた。

「おまえは惚けてるがな、あの女は明らかに知っている顔つきだったがな」

「——ご存じのとおり、中村座の端番をしているもので、もしかしたら、こっちの顔は知られてるかもしれやせん」

「それにしても、歌麿の娘と聞けば驚くはずだが、おまえさんは何とも感じていないようだった。どうなんだ……しかも、てめえが〝殺し〟をしたのを見られたかもしれねえんだぜ」

「……」

「桜って女は、八十吉を追ってきたと思える。阿片の売り人をしていた、八十吉をな」

「奴は、そんなことをしてたのでやすか。だから、口封じに……」

才六は黙っていたが、雷蔵が声を低めて、

「この際だから話してやるが、奴はある船宿で、ヘマをやらかした」

「ヘマ……」

「女に阿片を吸わせたのはいいが、量が多過ぎて、そのまま死なせてしまった……それで、殺しの疑いまでがかかった……奉行所が余計なことを調べ始めたから、いずれ俺にも飛び火するだろうからな。事前に始末しただけのことだ」

黙って聞いていた金次は、なるほどと頷いて、

「では、あっしもこれで、親分さんの子分になれるんでやすね」

「舐めるンじゃねえぞ。こんなことぐらいで、雷蔵親分の子分になれるなんぞと本気で思ってやがったのか」

「そういう約束でしたよね、親分」

「だったら、今一度、今の女を殺してみな。そしたら、信用してやる」

才六がそう詰め寄ったとき、雷蔵が穏やかな口調で止めた。

「まあ、そう殺せ殺せと急き立てるな、才六……俺はこいつは使えると見込んでる。だが、才六より俺の方が疑り深い性分でな……少々、体に聞いてやんな。その間、俺は二階で、桜とやらの体を舐め尽くしてるぜ」

鋭い目になった雷蔵に頷いて、才六が金次の襟を摑んだとき、その手首をねじり上げて、その場に倒した。そして、ひらりと雷蔵の前に跳んで、匕首を喉元にあてがい、

「おう！　二階の娘を放してやれ！」

「き、金次……てめえ……」

面食らった雷蔵の顔に怒りが込み上げてきた。が、冷たいものが喉仏に触れては、さしもの雷蔵も身動きできず、

「は、放してやれ……早く……放してやれ……」

と言ったとき、二階から、ぞろぞろと子分たちが転がるように降りてきて、

「逃げやしたッ。あの女、ちょっとした隙に、……」

二階の屋根伝いに逃げたというのだ。

「これで、ひと安心だぜ。さあ、雷蔵！　俺と一緒に来て貰おうか、町奉行所まで

な」

　と言ったとき、雷蔵は苦笑した。何がおかしいのか、全身を震わせて、しだいに大笑いになった。

「めでてえ奴だ。覚悟しなきゃならねえのは……おまえだ」

　その声が合図となって、長脇差や匕首を抜いた子分たちが一斉に金次に躍りかかってきた。さらには、抜刀した用心棒であろう、浪人者が三人ばかり乗り込んできて、金次に斬りかかった。

　かろうじて切っ先を躱していた金次の背中をバサッと浪人者が斬った。かに見えたが、着物にスウッと一筋切れ目が入ると、ハラリと捲れるように落ちて、背中が丸見えになった。

　そこには、なんと——見事に咲き乱れた桜の刺青が背中一杯に入っていた。肌の色と融合するように、まるで風に吹かれる千本桜の花吹雪さながらだった。

「あっ……！」

　雷蔵はもとより、子分衆や浪人者たちもアッと息を呑んだ。一同の一瞬、動きが止まったとき、金次は俄に表情を強ばらせ、

「やいやい。親にも見せたことがねえ、この背中、てめえらみたいな三下のろくでなしが拝まれるたあ、一生の不覚だ」

「ろ、ろくでなしって……親分、どういう意味でしたっけ」

才六が言うと、雷蔵はバシッと頭を叩いて、「いいから、ぶっ殺せ」と怒鳴ったが、金次自身が諸肌脱いで見せた、隆々とした胸や上腕を染めている桜吹雪の刺青に、誰もが足を止めてしまった。それほど見事だったのである。

「俺の肌を拝みついでに教えてやらあ。てめえらを操ってた雲の上の老中らお偉方は、とうに、おめえらを見限ってる。お恐れながらと申し出たら、その首は刎ねられずに済むかもしれねえぜ」

「黙りやがれ。俺を誰だと思ってやがる。泣く子も黙る……」

「黙らねえよ。俺はてめえみたいな、人の心を持ち合わせねえ輩は、どうにも我慢ならねえんだ。さあ、この背中の桜吹雪を散らせるものなら、散らしてみやがれ」

挑発するように金次が踏み出ると、迫力に尻込みした子分衆らの中には逃げ出す者もいたが、用心棒は逆に「上等だ！　血で染めてやる！」と斬りかかった。しかし、金次の腕前は生半可ではなく、その拳は鉄槌の如く強く、足蹴にされた者は骨が折れた。

だが、雷蔵だけは、金次と子分たちが歌舞伎さながらに大立ち廻りしている間に、冷ややかな余裕の笑みを洩らして、その場から逃げ出すのであった。

追いかけようとしたとき、与力が同心や番人、捕方らを引き連れて、ドッと乗り込

んできた。与力は金次の前に立つと、

「北町奉行所・本所方与力、近藤左内である。逃げても無駄だ。大人しく縛に就けい、このならず者めがッ」

と言いながら笞で金次の背中を叩いた。

金次は痛みに耐えていたが、同心たちが縄に掛けるのであった。

そんな様子を――。

廊下の片隅から、桜が凝視していた。金次の激しく揺れる桜の刺青が目に焼きついて、離れることはなかった。

六

堀川から引き上げられた八十吉は、着替えさせられ、浅草の芝居小屋まで連れてこられていた。その前に、勘三郎と加納、そして半次が険しい顔で身構えていた。

加納は感情を抑えて、八十吉を宥めたりすかしたりしながら、

「正直に言わぬと、おまえは人殺しとして、お白洲で裁かれた後、小伝馬町送りとなる。それでよいのか」

「か、勘弁して下さい……」

「だったら、正直に言いな。証拠は挙がってる。おまえは阿片に手を出し、美咲のような娘に声をかけては、出合茶屋や船宿にこもって、嫌らしいことを繰り返してた。おまえみたいな奴がいるから、絵草紙屋はタチが悪いなどと噂されるんだ」

「ち、違います……本当に、私の方が誘われて……」

「まだ、そんなことを言ってるのか。いい加減にしろッ」

思わず八十吉の頭を十手で小突いた加納を、勘三郎は止めた。

「旦那……怪我をしちまいますよ。それに、こいつに死なれては、美咲って娘が可哀想だ。いや、他にも色々と害を被った女がいるようだからねえ」

八十吉はバツが悪そうに俯いたままだが、黙って聞いていた。

「なあ、八十吉……おまえさん、こんなことしてちゃ、おっ母さんが泣いてるぜ」

勘三郎はしみじみと声をかけた。

「おまえは、上総村の寺子屋じゃ一番の出来の良い子だった。いつかは世に出て、学問で身を立てるか、そうじゃなきゃ戯作者になると、師匠やおっ母さんは期待してた。父親を早くに亡くしたおまえは、おっ母さんを楽にしてやるって、一生懸命頑張ったそうじゃないか」

「……」

「身内の中には、おまえのために金を出そうと申し出た者もおるそうだが、一度助けを受ければ後ろめたいものが残る。おまえが世に出てからも、遠慮せねばならぬ。そう思って、母親はできる限り、ぎりぎりまで自分の手で、おまえを育てたんだろ」

「どうして、そんなことを……」

「俺も時々、おまえが持ってくるものを読んで、おまえには戯作や浄瑠璃作者として見所があるから、頑張りようによっては、手を貸そうと思ってたんだ。いずれ身元を引き受けるつもりだったから、そのくらいのことは調べる」

勘三郎はそう言ってから、少し険しい目になって、

「だがな、八十吉……自分の気分を高めたり、変えたりするためといって、阿片に手を出したのは間違いだ。ましてや、何も知らない娘をたらし込んで、てめえの欲のために使ってたとなりゃ、人でなしだ。そんな奴に、人を喜ばせる芝居なんざ、書くことは絶対にできねえ。やっても、まやかしだ」

「ち、違います……」

「何がどう違うんだ。三笠町まで阿片を買いに行ってたのは、こっちも承知しているんだぜ、おい。だから金次に……」

調べさせたとは言わなかったが、八十吉はそう察した。

「その上、加納さんの調べで、おまえが『みよ志』って船宿にいたのに、店に戻ったと嘘をついたことも分かってるんだ」

「ですから……私がやっていたのでは、ありません……実は、うちの店の主人・清九郎さんが……ええ、主人に頼まれて、私は阿片を買っていたのです」

「なんだと」

「そして、私が手頃な娘を探し出して、主人のために出合茶屋などに誘い込んで、阿片で気持ちよくさせたところに、主人を連れていくというのが、いつもの段取りでした……でも、あの日は、ちょっと屋形船から離れた間に、娘が死んだので……恐くなって逃げたんです」

「俄には信じられぬが……本当か」

加納が八十吉の前に身を乗り出したとき、ガラッと表戸が開いて、

「大変だよ、加納の旦那……金次さんが……金次さんが……」

と桜が入ってきた。荒い息なので、半次が水瓶から柄杓で掬って飲ませてやった。

桜は一息ついてから、

「――そうなの。金次さんが、町方役人に連れて行かれた……一旦、深川の〝鞘番所〟で調べられ、それから北町奉行所まで」

「なんだと?」

勘三郎が心配そうに振り返ると、なぜか桜は深々と謝った。

「私が金次さんを下手に尾けたりしたから、いけないんです……私が余計なことをし

たばっかりに……でも、金次さんは私のことを気づいて、そのために……」

桜は口惜しがってから、

「吃驚しました……金次さんの背中には凄い刺青が彫られていて、それこそ私じゃないけれど、満開の桜が飛び散っていて……」

と言うと、加納と半次らも驚いていた。だが、勘三郎だけは知っていたようだった。

「はは、桜繋がりってことですかな」

「目にも鮮やかでした……それはともかく、加納の旦那。あの三笠町はそれこそ昔から、悪の巣窟。そのことを承知しながら、近藤左内という本所方与力は見逃していたどころか、利用していた節もあります」

「たしかに、そのような怪しい動きは奉行所でも何とはなしに摑んでいたが、まさか自ら赴くとはな」

加納が唸って立ち上がり、

「このままじゃ、まずいな。俺は奉行所に戻って、近藤様に直談判してみる」

と立ち去ろうとした。証人として私も行くと、桜も立ち上がったが、勘三郎は強い口調で釘を刺した。

「金次なら大丈夫だ。桜さんは八十吉を追って、三笠町に迷い込んだようだが、阿片を使っていたのは、八十吉ではなく、『錦江堂』の主人らしい」

「ええッ……？」

「とにかく今は、様子を見た方がいい。北町奉行所に連れて行かれたってことは、お奉行様も取り調べるってことだろうから」

勘三郎がそう言うと、承知をした上で、加納と半次は急いで立ち去った。

「勘三郎さん……」

救いを求めるような桜の目に、勘三郎は優しい目で、

「まあ、座りなさい……金次はね、ある男との約束を守るため、いや、仇を討つためと言った方がいいかもしれないな……そのために、鳴神の雷蔵に近づいたんだよ」

「ある男との……？」

「あれは、そうだな、かれこれ三年前になるか……」

勘三郎は遠い目になって、その夜のことを思い出していた。

芝居が引けて、宵の四つが過ぎて、芝居街の町木戸が閉まった頃、何者かに傷つけられた若い男が、小屋の裏手の物置の陰に隠れていた。

見ると、バッサリと肩を斬られていて、大怪我をしている。誰にやられたか分からないが、追われている身であることは察しがついた。案の定、すぐさま浪人が三人、追いかけてきて、その若者を捜している様子だったが、金次は、

「そいつなら、とうに船着場から、猪牙舟(ちょきぶね)で逃げやしたぜ」

と咄嗟に嘘をついて、勘三郎の屋敷に担ぎ込んだ。医者を呼んで、丁寧に手当てをしたが、傷が膿み、失血も多く、体が弱っていった。しかし、金次はまるで兄弟のように、何日も看続けた。

当人は、ただの通りすがりとはいえ、弱っている者を見捨てるわけにはいかぬと助けただけだが、後になって、その男は、ある蘭学者の高弟の桧垣進之助という下級武士だと分かった。

ばっさりと斬った侍たちは浪人ではなく、公儀の手の者であったらしいことも判明した。金次は幕府の遣り口に腹を立てた。人々の自由な考えや思いを、踏み潰す公儀のやり方は嫌いだった。

金次の男っぷりを意気に感じたのか、桧垣と金沢は兄弟の杯を交わし、また会う約束をして別れた。

――三年後の中秋の名月、中村座の桟敷で。

というのが合い言葉だった。

しかし、桧垣は結局、お上に追われる身になり、逃亡暮らしを強いられていた。それを風の噂に聞いていた金次だが、必ず「今月今夜、中村座に」来ると思っていたが、約束の日には現れなかった。

だが、その翌朝、飛脚で一葉の手紙が添えられて、髷が届けられた。女房が差し出

したものだが、旅の途中、知り合った女だということだった。もちろん、桧垣の髷である。それには、

『約束の中秋の名月の夜には訪ねることは叶わなくなった。だが、必ずやもう一度、杯を酌み交わしたく、髷を送る。我が身と思って、一献傾けて欲しい』

という内容のことが、当人の筆で記されてあった。

女房が書き添えた文によると、髷を切って後、切腹をしたという。公儀の役人に追いつめられて逃れた、あるお寺の本堂での出来事だったという。

「その文には、実はもうひとつ、別の文が託されていた。それが……」

勘三郎は口を一文字にして頷いてから、

「本所三笠町に悪の巣窟あり。幕府重職の堀田豊後守の手の者、秘かに抜け荷をしている疑いあり。公儀の所行にあらず。民を塗炭の苦しみに陥れる元凶なり……とあった」

「そんな……」

桜が驚くのも無理はない。老中の名前まで出てきたのだから、この町のあくどさの根がいかに底深いか分かろうというものだ。この老中は先頃、抜け荷の黒幕として、評定所で改易との裁断を受けた。だが、堀田が残した犯罪のタネは、今も色々なところ、就中、本所三笠町には燻っているのだろう。

「金次さんはそのために……」

「むろん、阿片のこともある。だが、鳴神の雷蔵とて、堀田にしてみれば、ただの道具。近藤左内もそうかもしれぬ……と思っていたが、逆かもしれない。つまり、鳴神の雷蔵は公儀の老中を動かすほどの大悪党ってことだ」

近藤左内はかつて、大奥御年寄を中村座にて暗殺しようとしたが、すべてを配下の与力の仕業として、自らは罪を逃れていたずる賢い男だそうだ。

淡々と話した勘三郎だが、そういう連中の悪を暴こうとしている勘三郎たちの存在にこそ、桜は驚いていた。

七

北町奉行所内の牢部屋奥にある仕置き部屋では、鋭い笞の音がしていた。

「吐け、三下！　おまえは誰に雇われた！　只者ではあるまい！」

近藤左内は自らの手に笞を持ち、後ろ手に縛って座らせた金次に打ちつけた。背中の刺青の桜の花びらは、痛ましいほど真っ赤に染まっている。

「かような彫り物をするからには、親を泣かせ、兄弟に迷惑ばかりかけた輩に違いあるまい。何故、本所三笠町を探っておった。さあ吐け、吐かぬか！」

金次は奥歯を嚙みしめて、じっと耐えながら、近藤を見上げ、

「近藤様……本所方のあなたが、鳴神の雷蔵と手を組んでいるとは知りませんでしたよ……雷蔵とはそんなに恐い輩なんですかい」

「惚けるな。おまえは何を探っていた」

町方の本所廻りも手を出せないのは、老中命令で、

――本所は、勘定奉行支配でも寺社奉行支配でも、町奉行支配でもない。

という扱いになっているからこそ、無法地帯になっているのだ。むろん本来は町方支配ゆえ、本所方だけは探索することができる。裏を返せば、幾らでも悪党とつるむことができるということだ。

大番屋や自身番、町方役人の屋敷内では限界があるが、奉行所内での拷問は、幕法で定められた〝牢問〟の笞打ち、石抱かせ、海老責めの他、評定所で許可が必要な吊り責めまでも勝手しだいとなっていた。酷い拷問にじっと耐えている金次は、それでも掠れた声で、

「近藤様……俺ひとりをいたぶったところで、何も変わりやせんぜ」

「黙れ。こんな彫り物で粋がってる奴に何ができる。さあ、吐け。誰に頼まれたのだ」

「誰にも頼まれていねえや。町方役人どころか、幕府のお偉方が一枚嚙んで、三笠町

を食い物にしてやがる。違うかい。法を守るべき者が平気で悪さをしているのだから、世も末だ……だから、俺たちが片付けてやろうと思ったまででえ」

「俺たち？」

「法で裁きたくても裁けぬ奴を、きっちり始末せずにはおられねえ閻魔様が、この江戸にはいるってことだよ」

「何だと……」

「死ななきゃ分からねえ、悪もいるんだ」

「おのれ。死ぬのは、おまえだ！」

さらに力を込めた近藤は、金次が気を失いそうになっても、常軌を逸するくらい激しく打ち続けた。

そこへ——。

吉川が駆けてきて、「おい、やめぬか」と声をかけた。だが、今度は鼻白んだ顔で、

「これは、吉川様……内与力は奉行の側近とはいえ、奉行所の探索については口出しができぬはず。何用ですかな」

「その遠山奉行より、拷問は相ならぬと下達された。直ちに止めよ」

同行している年番方与力筆頭も、奉行所内での乱暴な所行は慎めと言った。仕方なく、近藤は笞を置いたが、

「こやつは、阿片の売買に関わっているやもしれませぬ。それゆえ、私が直に……」

と言い訳をしようとしたが、吉川は強い口調で、

「阿片に纏わることなら、尚更、お奉行が直々に尋問吟味するとのことだ。私が詮議所に連れて行くゆえ、おまえたちは退散しろ」

と命じた。

内与力とはいえ、遠山の腹心の部下を無下に扱うわけにはいかぬ。とはいえ、このまま吉川に渡してしまえば、金次が何を言い出すか分かったものではない。

「分かりました。今すぐ、詮議所にお届け致しますので、しばしお待ち下さいませ。されど、罪人でありますれば、縄を解くわけには参りませぬ」

「いいから、こちらへ渡せ」

近藤は仕方がないという表情で、金次の背後に座ると耳打ちした。

「お奉行に拷問されたら、それこそ殺されるぞ。俺が逃がしてやるから、一気に逃げろ。安心しろ。俺はおまえが憎いのではない。雷蔵親分の仲間にしてやりたいだけだ」

「……」

「このまま捕まって獄門になるのと、雷蔵親分の右腕として働くのとどっちが得か、よく考えて道を選ぶのだな」

ぶつぶつと話している近藤を、吉川は急かした。

そんな様子を――今度は、梅が心配そうな目で、天井板の隙間から見ていた。このままでは、いずれにせよ金次は殺されてしまうのではないかと思っていた。

「……姉ちゃんが言うとおり、金次さん、なんだか覚悟がありそう……自分の命を懸けてまで、亡き友との約束を……」

果たそうとしているのかと感銘を受けた梅だが、どうしてよいか分からなかった。だが、ぐずぐずしてはいられない。

翻った梅は中庭に降り立つと、裏手にある物置に向かって走り、油を探し出して撒いて種火から火をつけた。めらめらと藁や紙が燃えはじめると、

「火事だ！　火事だぞー！」

と梅は声色を使って大声で叫び、そのまま屋敷の拷問部屋の近くに身を潜めた。

炎が燃えるのを見て、梅が騒がずとも、駆けつけた同心たちが大声を発した。「火事だ！　消せ、消せえ！」とさらに叫んだがために騒ぎが広がった。吉川も拷問部屋の者たちも、物置から蔵に移る炎に驚き、すぐさま水や砂をかけて消火をはじめた。

近藤も不審そうに口元を歪め、「見張っておれ」と同心に命じて表に飛び出た。

「何事だ！　早く火を消せ！　急げ！」

声を限りに吉川は叫んだ。

町奉行所から出火し、もし延焼させたりすれば、遠山奉行が切腹ものである。与力や同心たちは、一斉に消火にかかったが、油をたっぷりと撒かれていたので、水では消えにくかった。だが、なんとか町方中間らが懸命に鎮火した。埋み火もキッチリと始末させて、拷問部屋に戻った吉川は唖然となった。

金次の姿がなくなっているからである。

「もしや……」

今の火事騒ぎは、誰かが金次を救い出すためだったのではないかと、近藤は勘繰ったが、吉川は自分の失策だと嘆いた。

「なんということだ……ああ、一体、何が起こったというのだ！」

だが、近藤の方はすぐさま配下の者たちに、捜せと命じた。町方役人の威信に懸けて、見つけ出せと険しい顔になって怒鳴った。

何処をどう逃げたのか、辻駕籠を用立てて、浅草の『おたふく』に担ぎ込まれた金次は、桜から手当てを受けていた。

固唾を飲んで見守る梅と竹も、自分のことのように痛がっていた。その傍らには、同じく汗でびっしょりの新八がいる。ふたりでなければ、到底、運べなかったであろう。

「——大丈夫か、金次……」

半次の声に、金次はあえて余裕のある笑顔を見せたが、

「酷い……酷すぎる……」

と桜たち三姉妹は、近藤ら奉行所のやり口に怒りを感じていた。だが、金次は、

「奉行所を恨んじゃいけねえよ。悪いのは……」

と背中の桜吹雪を震わせながら言った。

「これでハッキリしたじゃねえか、なあ、みんな……鳴神の雷蔵と本所方の近藤左内が、何もかも裏で差配していたってことだ。雷蔵ってのは、恐らく、老中の堀田豊後守でも怯むような闇の支配者なのかもしれねえ」

「闇の支配者……」

「阿片や抜け荷を売り捌いていたのは……決して表に出ることのねえ、奴らの手の者だろう……」

「金次さん……後は、私たちでやるから、あなたはもう……」

そう言う桜の顔を、金次は見やって、

「後は、私たちで……？」

「いえ。なんでもありません。とにかく町医者を呼んで、ちゃんと傷を治さなきゃ」

「いや、しかし……」

金次は何か喋ろうとしたが、痛みもきついのであろう。はっきり声にならなかった。包帯などを手伝っていた新八も、同情の目になって思わず声をかけた。

「今度ばかりは、俺もはらわたが煮えくりかえったぜ。人に説教できるほど立派な人間じゃねえが、桜さんたちと同じ思いでさ。人を人と思わぬ奴の所行は、絶対に許すわけにはいかねえ」

「は、早まるな……」

懸命に金次が声を洩らしたとき、勘三郎が入ってきた。

「まこと。軽はずみなことはしない方がいいぞ、新八」

と勘三郎が言った。そして、金次が兄弟杯を交わした桧垣進之助のことを話して、

「三笠町を潰せば済むことではなかろうが、まずは、そこから始めねばなるまい」

勘三郎は諭すように言った。すると梅が唇を嚙んで、

「町奉行所がきちんと動くということ?……でも、老中の堀田豊後守までが恐れていた相手となると、そう簡単に事は運ぶかな」

と腹立ち交じりに言うと、勘三郎は少しだけ緊張した面持ちで金次を見た。

「それは、遠山のお奉行しだいってところでしょうな」

「うむ……」

金次は背中の傷の痛みで顔を顰めながら、

「……しかし、阿片や抜け荷の品々を見つけ出して、白日のもとに晒しても、堀田豊後守が腹を切っても、こういう連中はのさばり続けている。かといって、放っておくことはできめえ」

と言った。その金次の顔を、桜たち三姉妹が不思議そうに見つめていると、勘三郎が金次の肩を気軽に触って、

「なあ金次……背中の桜の花びらの一枚一枚が、助けた人の数だと思えば、俺も何とか手を貸したくなるってもんだぜ」

「そんな大袈裟な……」

金次自身が照れ臭そうに笑うと、梅もまじまじと桜吹雪を眺めながら、

「なるほどね。私、金次さんのこと、端番だからって小馬鹿にしていたけど、あなたなりに悪い奴を懲らしめてきたのね」

と言うと、竹は少し強張った顔になった。

「でも、浜の真砂が尽きても、悪事を働く奴はいなくならないって、いつも桜姉ちゃん言ってるし……」

三姉妹が顔を見合わせるのを、金次は頼もしそうに眺めていた。

八

その夜、遅く、本所三笠町の隠し賭場では、沢山の黒い影が蠢いていた。離れ部屋のすぐ横に土蔵があり、裏手は竪川に繋がっている。隅田川に出るには水門を通らねばならぬし、横十間川から中川に抜けても川船番所がある。

「早くしろ。与力の近藤のことは、もう見限る」

雷蔵は才六ら手下に、急いで荷を運び出させていた。遠山奉行直々による手入れがあるかもしれないと、近藤から火急の報せがきたのだ。ゆえに、夜のうちにすべてを始末しているのだ。

江戸の海運水運はきちんと管理されており、奇妙な船は必ず番人の目に留まる。だが、荷船だけが通れる水路があって、水戸屋敷側の源森橋に抜けて、そこから一旦、上流に漕ぎ出して荒川に出てしまえば、後はどうとでもできる。

船荷は、堀田豊後守がかつて長崎奉行だった頃に、集めた御禁制の品々や貯め込んでいた金の入った千両箱が数個である。長崎奉行といえば、赴任中に一財産築けると言われるほど、旨みのある役職である。

堀田は不正によって財を成し、幕閣にばら撒いて大名の身分になり、老中に成り上がった。だが、その堀田もういない。町奉行に圧力をかける役目の者がいなくなったからには、江戸でうだうだ過ごしても仕方がない。だから、雷蔵はとんずらを決め込んだのだ。

宵闇に紛れて事を急いでいる中に、近藤の姿もあった。この際、雷蔵と一緒に遠くに逃げて、貯め込んだ金でこの世の春を謳歌するつもりだ。与力暮らしは偉そうにできて悪くなかったが、未練はない。此度の一件で詰め腹を切らされるかもしれぬから、逃げておいた方がよいと判断していた。

「雷蔵。地獄の底まで付き合うぜ」

近藤はいつものように親しげに近づいてきたが、雷蔵の方は舌打ちをしていた。足手纏いになりそうだったからだ。だが、無下に追い返すと藪蛇になる。

「お供しやすぜ。呉越同舟ってとこで」

雷蔵は荷物を載せた数艘の猪牙舟を率いて、土蔵前の船着場から漕ぎ出ようとした。

そのときである。ガガガッ——と船底が山のように浮き上がった。

「なんだ……!?」

船頭が辺りを見廻すと、竹で組んだ筏が水面に張り巡らされている。掘割を使って逃げようとする盗賊などを阻止するための仕掛けで、町方役人がよく使うものである。

近藤はそれをアッと見やって、

「だ、誰だ……かようなものを……」

猪牙舟の底に竹筏が絡まり、艪も漕げないので、その場でじたばたしているように見える。苛ついた近藤が叫んだとき、辺り一面に御用提灯が掲げられた。

一瞬、慄然となった近藤の目がみるみるうちに凶悪に歪んできた。

「おのれ……かくなる上は……」

呟きながら覚悟を決めたとき、加納が先頭になって、同心や捕方、岡っ引らが乗り込んできた。その姿を見た途端、近藤は傍らにいた雷蔵に声をかけた。

「雷蔵……おまえだけでも逃げろ」

「旦那は」

「いいから急げ」

言われるがままに、雷蔵は船から道端に飛び移った。土蔵の裏手に逃げ出したとき、バッサリと雷蔵の背中を斬った。ほんの一瞬、振り返った雷蔵は驚きの目で、

「て、てめえ、裏切りやがったな――！」

と叫んだが、近藤の袈裟懸けを受けながら、掘割に落ちた。

「なにをするのです、近藤様！」

加納が踏み込んだとき、近藤は刀を鞘に収めて、

「捕らえようとしたが、見てのとおり、逃げようとしたので始末したまで」

「愚かな！　明らかに口封じに斬ったのでしょうが！」

「どういう意味だ、加納。俺は前々より、三笠町を内偵しており、ようやくこうして雷蔵を追い詰めたのだ」

「だったら、生きたまま捕縛できたはず」

「おまえたちが余計なことをしたがために、雷蔵が逃げようとしたから斬った。これが俺の失態ならば甘んじて責めを受けるが、おまえたちのせいでもある」

「なんですと」

「抜け荷はこれから何処かに運ばれるはずだった。その行方を確かめれば、その裏で糸を引いている者を見つけることもできたものを……加納、とんだ邪魔をしたものだな」

「見苦しい言い訳です。後ろ盾だった、老中・堀田豊後守はもはやおりませぬぞ」

加納は毅然と言ったが、近藤は淡々とした態度で苦笑すら浮かべ、

「まるで抜け荷の指図を、ご老中がしていたような口ぶりだが、さようなことを証拠もなく言ってよいのか、無礼者」

と言い訳をした。が、加納は憎々しく頬を歪めて、

「おまえが証人だ。構わぬ、お奉行の命令だ！　近藤を召し捕れ！」

と乱暴な口調になって命じると、捕方たちはためらいもなく従うのだった。

翌日——吟味方与力の尋問を省き、北町奉行の遠山左衛門尉が直々に、本所三笠町を根城にした抜け荷につき、近藤を吟味することとなった。しかも、近藤は武士の身でありながら、お白洲に座らされるという異例の処置となった。

これに先だって、近藤は一方的に、遠山から与力の身分を剝奪され、評定所も納得していた。ゆえに、浪人の身分であるから、お白洲に筵を敷いて吟味を受けるのは、違法ではない。

登壇した裃姿の遠山を見上げて、近藤は開口一番、

「お奉行。何故、私がかような目に遭わねばならぬのです。私は三笠町に潜入し、鳴神の雷蔵の動きを見張り、潜んでいるであろうイタチ小僧らのことも調べていたのですぞ」

と、あくまでも自分は与力の隠密探索として悪党に近づいたと主張した。

「さようか。ならば、じっくり尋問する。近藤。雷蔵並びに才六ら子分たちについては、すでに吟味方で調べも終えておる」

「えっ……雷蔵は……」

「おまえに斬られ深傷を負ったが、幸い一命を取り留めた。これへ」

遠山が蹲い同心に命じると、町人溜まりから雷蔵と才六、他に数人の子分たちがぞ

ろぞろと縄に繋がれたまま、お白洲に連れて来られた。背中から胸を晒しで包帯のように巻かれている雷蔵の姿を見て、近藤は息を呑み込んだ。

「では、これより、この遠山左衛門尉景元が直々に問い質す。嘘をつけば、即刻、舌を抜くから、さよう心得よ」

自分は閻魔とでも言いたげだった。すぐに遠山は、雷蔵に問いかけた。

「本所三笠町で、賭場の開帳や女郎宿を任されていたのは鳴神の雷蔵……おまえだな。それを差配していたのは、先頃潔く切腹をした老中・堀田豊後守。さよう相違ないか」

「違います。差配人はあっしで、堀田豊後守は金を吸い上げていただけです。もっとも、探索を阻止する役目を、堀田様には担っていただいておりやした」

「うむ。正直でよい」

遠山はわざとらしく褒めて、才六に目を移した。

「才六。おまえは雷蔵の一の子分だったらしいが、さよう相違ないな」

「へ、へえ……」

いつもは肝の据わっている才六も、雷蔵ですら殺られそうになったのを目の当たりにしたので、異様なほど震えていた。

「雷蔵が御法度である抜け荷や阿片を差配していた件を、すべて承知しておったな」

「へ、へえ……知っておりました」

「その仲間に、そこな近藤左内もおったか」

詰問された才六は、ちらりと近藤を見てから頷いた。

「もちろんでございます。仲間というよりは、本所方与力様なので、御老中ともお知り合いとのことでしたので……」

「雷蔵を操っていたのだな」

「そ、そうです……」

遠山は頷いて、雷蔵を睨みつけ、

「さよう相違ないか。俺の調べでは、たしかに、おまえと近藤はいわば対等な仲間に思えた。後で確かめると、亡き老中・堀田豊後守の屋敷には、抜け荷に関わった役人が色々と出入りしていたようだが、雷蔵……おまえだけは行ったことがないらしいな」

「もちろんです。私のような三下のことを、御老中が知っているわけがありません」

「そうではなかろう。堀田豊後守が長崎奉行の折、おまえが長崎を含む天領で繰り返し悪事を重ねていた盗賊の頭だったことは、才六から聞いた」

雷蔵は知らぬ顔をしていたが、才六は気まずそうに俯いた。

「おまえは長崎から逃亡しようとしたときに捕まったが、堀田豊後守に抜け荷の話を持ちかけた。雷蔵、おまえには諸国に盗っ人仲間はもとより、贓物(ぞうぶつ)や抜け荷を売り捌く一味と深い繋がりがあるため、堀田はおまえを利用できると踏んで手を結んだ」

「へえ、お奉行様がおっしゃるとおりでございます」

居直ったように、雷蔵は頷いた。遠山は頷いて、近藤を見下ろしながら、

「それでも腑に落ちぬことがあるので、色々と調べてみたが……近藤、おまえは江戸町奉行所に来る前は、長崎奉行所の与力だったそうだな。わずか一年ではあるが、その頃から、堀田豊後守と雷蔵の三人で結託していた……のであろう？」

「……」

「しかも、実質の差配はおまえが行っていた。本所三笠町しかり、深川の中川船番所しかり……俺が北町奉行になる前から、おまえが本所方与力であり続けることに拘っていた理由が、これでハッキリした」

お白洲の近藤を凝視していた遠山は、わずかに前のめりになって、

「これだけの巨悪の傀儡師としては、いささか肩透かしだが……本当の悪とは意外と、そのようなものだ。自分を大きく見せないで、いつでも人のせいにして逃げるためにな。事実、雷蔵にすべて押しつけようとした」

と言うと、近藤は苦笑いを洩らした。

「これは何と言っていいか……お奉行様に〝大物〟に仕立てられて喜んでいいのか……ですが、まったく違います」

「……」

「まこと、こやつらが行っていた悪事を暴くために潜入していたのです。たしかに長崎でも与力はしておりましたが、ただの勘定方の下役。堀田様とは顔を合わせたこともございませぬ」

「ならば、何故、雷蔵を斬った。ここにいる誰もが見ておる。北町の同心もな」

「ですから、それは雷蔵親分が逃げたからで……加納たちが来たのを見て、雷蔵を捕らえる手助けをしようとしたのですが、刃向かってきたものですから」

「この期に及んで、その程度の言い訳か……そうなのか、雷蔵」

遠山が振ると、雷蔵も項垂れたまま、

「申し訳ありません……お奉行様のおっしゃるとおりでございます。堀田様、そして近藤様とは、いわば堅く兄弟杯を交わした仲でございやす」

ふっと微笑を洩らした遠山は、近藤に向き直り、

「聞いたか、近藤……かような三下でも、杯を大切にする気概だけはあるとみえる。おまえも、上様と契りを結んでいる御家人だったのだから、筋目を通せ」

「信じて下さい。こいつらは私を道連れにしようとしているだけです。私は何も知りません。こやつらを燻り出すために、内偵していたまで。事実、抜け荷や金はすべて町方の手に入り、証拠も揃ったではないですか」

「……」

「敵を騙すには味方からではありませんが、与力や同心が他の町方役人に隠して、内偵していたまでのことです。断じて、雷蔵と結託してはおりませぬ」

「ああ、言えば、こう言う……」

　遠山が呆れ果てたとき、雷蔵が顔を上げて、

「恐れながら……本所三笠町を調べ廻っていた奴がいやす。中村座の端番、金次という四十絡みの遊び人風です。そいつを連れて来れば、近藤様のことも話すと思いやす」

　と言った。

「金次……近藤、おまえが牢部屋にて拷問していたにも拘わらず、逃げた奴か」

「そのことについては、失策でした……お詫び申し上げます」

「もしかして、そいつもわざと逃がしてから斬るつもりだったのか」

「まさか……」

「金次なる者を笞打ちの拷問にしたのは、隠密廻りの密偵ではないかと、不安になったからではないのか。町方与力のおまえが、どうして町方の密偵を気にする。おぬしが疚しいことをしていた証ではないか」

「ち、違う。まったく、違います！」

「何がどう違うのだ」

これ以上の言い訳は許さぬとばかりに、遠山が目を向けると、近藤は身を乗り出し、

「その金次とかいう奴も、実は雷蔵の仲間だったからです。締め上げて、奴らの悪事の証拠を暴こうとしてのことです」

「まことに？」

「背中に彫り物をして、壺振りなんぞをしていた遊び人ですぞ。そんな奴が言うことを真に受ける方がどうかしています」

「いや、俺は真に受ける」

「えっ……」

キョトンとなる近藤に背を向けた遠山は、衣擦れの音をさせて、裃と着物をずらし、諸肌を脱いだ。

その背中には――桜吹雪の刺青が鮮やかに浮かび上がっていた。しかも笞打ちで傷だらけで、まだ痛々しく腫れている。

「おお……！」

と躊い同心たちですら吃驚して、大声をあげた。深く長い嘆息が洩れた。遠山の肌には桜が咲き乱れているが、まさに嵐に舞い散る桜吹雪に見えた。

近藤も啞然と見上げている。その凍りついた顔を、遠山は振り返って、

「危うく殺されそうだったぜ……」

「⁉――」

「おまえの悪事は、この遠山桜が見続けてきたんだよ」

近藤は吃驚して仰け反ったが、信じられないと首を振った。近藤はしばらく遠山の刺青を見ていたが、

「嘘だ……これも、出鱈目だ……お奉行がかような刺青などするものか……おまえは何者だ。これは、何の座興だ！」

狼狽しながらも脇差を抜き払った近藤は、壇上に駆け登って遠山に斬りかかろうとした。だが、その足先を払った遠山は、腕をねじ上げて脇差を奪い、その場に組み伏せた。すぐに蹲い同心たちが、一斉に取り押さえたが、それでも近藤は喚き続けた。

「なにが、遠山だ……俺は何もしてないぞ。雷蔵が悪いんだ。堀田が悪いんだ！」

往生際の悪い無様な姿に、遠山は唾棄するように、

「雷蔵ともども地獄に行って、堀田豊後守と悔し涙の杯を交わすのだな」

と言い、引き廻しの上、獄門の刑を裁決した。

そんなお白洲の様子のすべてを――詮議部屋の天井裏から、梅は衝撃を受けながら、凝視していた。

水茶屋『おたふく』は、いつものように座敷がぜんぶ埋まってしまうほど、旦那衆で溢れていた。茶汲み娘という名の酌婦も活き活きとして働いている。

女将の桜は馴染み客の座敷を廻って相伴しながら、自分も楽しんでいた。竹も慣れてきたのか、若旦那たちの嫌らしい冗談も受け流して、笑顔を振り撒いていた。まさに浮世絵の中の女たちのように、活き活きとしている。

だが、梅だけは店の片隅で、ぼんやりと格子窓の外に浮かぶ月を見上げていた。黙っていると、梅は不機嫌に怒っているように見えるから、馴染み客は、

「触らぬ神に祟りなしだなあ」

とからかいながらも、鼻の下を伸ばして通り過ぎた。

「ちょっと、梅ったら……何かあったの」

「え、うん……」

「忙しいんだから、店でそんな顔をしないで、さあさあ、二階をお願いね」

「——姉ちゃん……金次さんて、何者か知ってたの？」

「え……？」

「本当は知ってたんでしょ。私、見たんだよ。お白洲が気になって、もし何かあったら飛び出してでも、金次さんの味方をしようって……でも、お白洲にも呼ばれてなかった」

「だから、なに……」

「呼ばれてないはずよ……金次さんが、奉行の遠山様だったんだもの」

真顔で言う梅に、桜は小首を傾げて、

「はあ？　もう酔っ払ったの。鳴神の雷蔵や近藤左内って与力らのことは、ぜんぶ片付いたんでしょ。大きな声では言えないけれど、私たちも少しは役立った。それで、いいじゃない」

「そうじゃなくて……姉ちゃん、隠さなくていいよ。知ってたんでしょ。お父っつぁんと遠山様は昔から親しかったって……そういうことよね。勘三郎さんも承知ってこと？」

「何を言いたいんだい」

「私……やっぱりお上の手先は嫌だけど、金次さんが遠山様なら考え直してもいい」

「──訳の分からないことばかり……今日も忙しいんだからね、しっかりしてよ」

呆れたように桜は言って、手招きしている客たちの方へ歩いていった。

梅が溜息をついて、また空を見上げると、何もかもを知っているような優しい月明かりが広がっている。その柔らかい光を浴びているうちに、

「そうだね。月でいいんだ。私たちは、闇の一隅を照らす月で……」

と自分に言い聞かせて、ざわめいている座敷に向かった。

今宵も浮世絵の如く、『おたふく』三姉妹は艶やかなときを旦那衆のために与えながらも、闇の中に蠢いている悪党を退治すべく目を光らせているのであった。

本作品は書き下ろしです。

実業之日本社文庫 い109

歌麿の娘　浮世絵おたふく三姉妹

2022年10月15日　初版第1刷発行

著　者　井川香四郎

発行者　岩野裕一
発行所　株式会社実業之日本社
〒107-0062　東京都港区南青山5-4-30
emergence aoyama complex 3F
電話 [編集]03(6809)0473 [販売]03(6809)0495
ホームページ https://www.j-n.co.jp/
DTP　ラッシュ
印刷所　大日本印刷株式会社
製本所　大日本印刷株式会社

フォーマットデザイン　鈴木正道（Suzuki Design）

ISBN978-4-408-55757-1（第二文芸）